LA VERITÀ SUI SOGNI

Secondo libro della serie Star Gazer Inn

DEBRA CLOPTON

La Verità Sui Sogni

I nuovi inizi richiedono determinazione…

Bentornati alla Star Gazer Inn. Il nuovo inizio di Alice McIntyre dopo l'acquisto della pensione le riempie le giornate; ora, grazie alle abilità culinarie e all'atteggiamento positivo dell'amica Lisa, è pronta ad aprire.

Al suo fianco ha anche la futura nuora, Nina, e la magia dell'attenzione verso i dettagli del nuovo amico appaltatore Seth Roark.

Seth e Alice hanno entrambi subito perdite, entrambi stanno ricominciando [illegible], ed entrambi stanno trattando la nuova amicizia e l'attrazione che sentono l'uno verso l'altra con cautela.

Il figlio di Alice, Dallas, si sta rendendo conto che potrebbe non avere quello che serve per continuare a cavalcare nel circuito professionistico dei rodeo. È a casa al ranch McIntyre dopo essersi infortunato alla spalla e aver visto cosa succede nella locanda della madre. Quando incontra una bella donna sulla spiaggia, in circostanze insolite, non ha idea di come la sua vita stia per cambiare...

Nel frattempo, Riley McIntyre è impegnato ad avviare la nuova postazione per il "glamping" sulla proprietà costiera del ranch, e a corteggiare le signore che amano un po' di glamour e di lusso per la loro esperienza in campeggio.

Jackson e Nina organizzano il loro matrimonio.

Il passato di Lisa sta causando dei problemi e, con l'apertura della pensione, Alice ha bisogno che l'amica sia concentrata ed esprima al meglio le proprie abilità culinarie. Riuscirà Lisa a sopportare la pressione?

Tre donne trovano l'amicizia e il coraggio sulle rive della baia di Corpus Christi. Venite a visitare la Star Gazer Inn e a esplorare il Ranch McIntyre, mentre Alice troverà la propria strada tra quei due mondi.

Questa nuova serie seguirà Alice, i figli e gli amici (e i nuovi amori) sulla costa del Texas meridionale, dove l'acqua è cristallina e scintillante.

Vi conviene immergere le dita dei piedi e fermarvi un po'.

CAPITOLO UNO

Alice McIntyre era in piedi, vicino alla grande finestra della Star Gazer Inn, il nuovo sogno che aveva realizzato dopo aver perso il marito in un tragico incidente due anni prima. Con lo sguardo fisso sull'acqua azzurra della baia di Corpus Christi, i pensieri di Alice erano un misto di tristezza ed entusiasmo. Presto le porte della locanda si sarebbero aperte per accogliere i primi ospiti, quindi avrebbe dovuto essere euforica. Tuttavia, negli ultimi mesi aveva lavorato sodo per preparare la pensione a quel momento, sia per aprirla che per avanzare verso un nuovo futuro, e lasciare che la tristezza per la perdita del dolce William si depositasse in un angolo del proprio cuore, dove lui sarebbe sempre rimasto, mentre lei si impegnava in quella nuova avventura.

Era determinata ed emozionata, non solo di rendere la famiglia felice concentrandosi sul proprio futuro, ma anche di dare nuova vita al posto in cui si erano conosciuti lei e il marito. Tutti i tasselli erano al proprio posto. Per di più, era successo di tutto, da quando aveva preso quella decisione. A cominciare dall'assunzione della cara amica Lisa, che era diventata la cuoca della locanda. Quell'amicizia era stata una benedizione. In quel periodo, stavano concentrando tutte le energie per la grande apertura, che si sarebbe tenuta di lì a due settimane.

Lisa aveva avuto le proprie beghe dopo un divorzio terribile e Alice era un po' preoccupata. Negli ultimi giorni le era sembrata distratta. Le doti culinarie dell'amica erano ben note nella zona di Corpus Christi: in passato era stata una padrona di casa apprezzata per i molti servizi e per le cene che teneva per i clienti e gli amici dell'ex marito. Da quelle parti era un avvocato affermato, e ciò aveva reso Lisa ancora più preziosa per l'apertura della locanda. La gente la conosceva e amava i manicaretti di quella donna.

Eppure non era l'unica ragione per cui Alice le aveva proposto di assumerla. L'aveva fatto soprattutto perché erano buone amiche e condividevano un legame di terribili peripezie. Entrambe lottavano per trovare un posto in quella nuova realtà indesiderata. Erano determinate a voltare pagina insieme.

Il lungo matrimonio con uno dei mandriani più

conosciuti nello stato del Texas e in tutti gli Stati Uniti aveva reso Alice felice. Nelle organizzazioni benefiche e agli eventi la conoscevano tutti come moglie di William McIntyre, praticamente un barone del bestiame. Aveva amato la vita col marito e aveva goduto appieno del tempo passato a casa a crescere i quattro figli, che a quel punto erano dei giovani uomini meravigliosi che gestivano il ranch e la rendevano fiera.

Dallas, il secondo, non lavorava al ranch, ma era un affermato campione di rodeo. Si era creato una reputazione e amava quel lavoro. Gli altri tre figli, invece, Jackson, Tucker e Riley cooperavano per far sì che la *McIntyre Cattle Ranch and Enterprises* andasse avanti senza intoppi. D'altronde, era l'eredità che volevano mantenere in memoria del padre. Alice aveva apprezzato quel gesto e adorava vivere al ranch, ma dopo il tragico annegamento di William nel fiume Frio aveva bisogno d'altro.

Così aveva comprato quella bellissima locanda, da sola. Aveva conosciuto il mandriano quando lavorava in quel posto, al primo anno di college. Tra loro era sbocciato l'amore e si erano incontrati lì molte volte. A quel punto, alla Star Gazer Inn, Alice aveva ritrovato dentro di sé qualcosa che era morto con William. Aveva trovato una nuova passione, un interesse a cui appigliarsi, e in testa riusciva a sentire la voce del marito che la spingeva, la incitava e la rallegrava. La donna rimase ferma, con le lacrime che le inumidivano gli occhi e la consapevolezza che lui fosse felice per lei.

Gli occhi di Alice passarono dal bellissimo color topazio dell'acqua della baia ai primi accenni di un bellissimo padiglione che stava facendo costruire nel giardino laterale, dove sperava di tenere molti matrimoni e altri eventi felici. Alice guardò l'impalcatura e ripensò al costruttore, Seth Roark.

Pensare alla simpatia nata tra lei e quell'uomo le fece sentire lo stomaco in subbuglio. Era un'amicizia del tutto inaspettata, che lei ancora non riusciva a inquadrare, ma che stava portando avanti con cautela. Anche Seth aveva affrontato una perdita, quella dell'amata moglie per un cancro, che l'aveva portata via cinque anni prima. Lei si sentiva attratta da quell'uomo perché anche lui aveva affrontato lo stesso lutto che le aveva spezzato il cuore. Anche lui aveva dovuto trovare la propria strada, e l'aveva fatto non con la società elencata in *Fortune* tra le aziende più redditizie che dirigeva, bensì lavorando con le mani e costruendo delle meraviglie. Quando Alice l'aveva ingaggiato per quel lavoro, lui l'aveva aiutata a riportare la Star Gazer Inn allo splendore di un tempo. Di recente erano anche andati in barca insieme.

Un giro in barca… che l'aveva confusa, ma l'aveva

anche fatta sentire ottimista, perché a quel punto erano entrambi d'accordo che sarebbero rimasti amici. Lui era in un'altra fase del lutto e stava andando avanti. Lei stava avanzando, determinata a rendere William fiero di lei. Tuttavia, non ne era certa; ogni volta che Seth entrava in una stanza, si sentiva pervasa da un senso di speranza. Ancora non se la sentiva di frequentare un uomo, figuriamoci innamorarsi di nuovo. Dopo aver trovato l'anima gemella, poteva mai esistere qualcosa in grado di sostituirla o essere altrettanto appagante? Lei non aveva mai creduto fosse possibile, ma da quell'uscita, nonostante la speranza che provava (e sì, l'attrazione nei confronti di Seth), non le sembrava più tanto inimmaginabile.

Con grande sorpresa di Alice, i figli erano contenti che lei fosse uscita con Seth. Non sapeva cosa aspettarsi, ma l'avevano sostenuta proprio come avevano fatto quando aveva deciso di lasciare il ranch e aprire la locanda. Le avevano detto che, pur di aiutarla a voltare pagina, l'avrebbero sostenuta e incoraggiata in tutto. Dopotutto erano i figli di William.

Le lacrime le pungolarono gli occhi e lei le scacciò via. Lisa era in ritardo, ma sarebbe arrivata presto, e Alice non voleva che la vedesse piangere. Subito dopo sarebbe arrivato Seth, ma di quel passo avrebbe potuto battere la cuoca sul tempo. D'altra parte, però, lui le aveva detto che avrebbe dovuto prendere del legname prima di arrivare. La mattina capitava spesso che si fermasse a bere una tazza di caffè con lei prima di mettersi al lavoro. Alice colse un movimento con la coda dell'occhio, lanciò un'occhiata al vialetto e vide la vicina Nina e l'adorabile cagnolina, Ranuncolo.

La ragazza sorrideva e sventolava la mano mentre saliva i gradini. Alice era felice che fosse arrivato qualcuno a scrollarle di dosso quell'improvvisa malinconia. Aprì la porta. "Proprio la persona di cui avevo bisogno." La donna abbracciò Nina, poi si chinò per prendere tra le mani l'adorabile faccia dorata di Ranuncolo e le diede una grattata alle orecchie. La cucciola aveva un enorme sorrisetto stampato sul muso.

"È felice di vederti," disse Nina.

Alice alzò lo sguardo verso la ragazza. "E io sono contenta di vedervi entrambe. Se vuoi, c'è del caffè caldo sul bancone. Te la guardo io questa mascalzona."

"Oh, grazie. Prendo una tazza e torno."

La ragazza entrò dentro e la donna si dedicò a Ranuncolo. Nina era la vicina di casa e aveva una relazione serissima col figlio maggiore di Alice, Jackson. Il cuore di Alice sorrideva al pensiero che il trasferimento alla Star Gazer Inn avesse fatto sì che Jackson trovasse l'amore, e che lei trovasse non solo una futura nuora, ma un'ottima amica. Alice si alzò in piedi mentre Nina usciva col caffè.

"È una giornata stupenda, vero?" Gli occhi di Nina emanavano luce. "Stiamo andando a visitare una galleria d'arte, tra circa tre settimane esporranno i miei quadri. Devo parlare con il proprietario per capire le loro esigenze specifiche."

"Oh, sono contentissima che non capiti nel fine settimana di apertura della locanda. Ma sono super emozionata per te e grata che tu stia finalmente per mostrare di nuovo i tuoi capolavori."

Quando Nina si era trasferita lì, aveva tenuto segrete le proprie opere rinomate e aveva mantenuto un profilo basso fino a quel momento. "Grazie, anch'io, ma sono anche emozionata per l'inaugurazione della pensione. Come te la stai cavando?"

"Comincio a diventare nervosa. È buffo, perché è ciò che voglio e stiamo lavorando sodo per questo, ma la mattina mi sveglio sempre con lo stomaco in subbuglio."

Nina le accarezzò il braccio. "È normale. Ricordo le mie prime mostre… Ero uno straccio. Tu te la stai cavando bene, in confronto. La gente verrà a sostenerti e vuole vederti trionfare. Sarà una serata magnifica, quindi non ti preoccupare. E per l'amor di Dio, non innervosirti al punto di vomitare. A me, ringraziando il cielo, non succede più."

Era proprio ciò di cui Alice aveva bisogno. "Non sto tanto male, fortunatamente, ma immagino sia diverso, sai. Sto davvero cominciando un nuovo capitolo della mia vita, sto voltando pagina. Avrò una vita prima della morte di William e una dopo quell'evento. O almeno è così che le catalogherò nella mia mente."

Nina le appoggiò la mano sul braccio. "Capisco perfettamente. Il tuo amore per William non si affievolirà, ma non puoi vivere nel passato, quindi devi fare quel passo avanti, e lo stai facendo. Inoltre, i tuoi figli… ti amano e ti sostengono. Spero tu lo sappia."

"Sì, e gliene sono molto grata. Stavo solo pensando… Si vede che sono i figli di William, lo sento fare il tifo per me nella mia testa. È il mio fan numero uno."

"Che bello. Anche Jackson è il mio. Vorrei aver conosciuto William."

Alice sentì il cuore stringersi. "Sarebbe piaciuto anche a me. Ti avrebbe adorata, e sarebbe stato tanto fiero di Jackson per averti trovata." Gli occhi le si inumidirono, come quelli di Nina. Alice avvolse il fianco della nuora con un braccio, e la ragazza mise quello libero attorno alle spalle della suocera. Le due rimasero lì, a guardare le onde lambire la costa.

LA VERITÀ SUI SOGNI

* * *

Lisa era in ritardo. Era emozionata per l'inaugurazione e pronta a vedere in atto il potenziale di quel posto. Lei e Alice avevano lavorato senza sosta per assicurarsi che il menù, che sarebbe stato protagonista della serata successiva alla festa di inaugurazione, fosse in regola. Avevano una lista degli ospiti, ma era anche un evento aperto: tutti potevano partecipare, mangiare e vedere il posto. Il ristorante e l'hotel avrebbero aperto ufficialmente il giorno dopo. Era pronta… e nervosa.

Era un nuovo inizio per lei, e ne aveva bisogno.

Dal divorzio, aveva avuto un'esistenza piuttosto caotica. L'ansia che aveva provato quando Mason l'aveva informata che l'avrebbe lasciata per una donna molto più giovane, che gli aveva dato un figlio un anno prima, l'aveva mandata in crisi. *Era padre già da un anno.*

Lisa si era sentita devastata e furiosa. In risposta, aveva assunto un buon avvocato e si era presa tutto ciò che poteva dal divorzio, e Mason le aveva dichiarato guerra. Poi, con i soldi, il cuore spezzato e l'anima flagellata, era fuggita all'estero. Era diventata matta a spostarsi da un posto all'altro, fingendo di divertirsi un mondo. Aveva girato e cucinato con tutti gli chef famosi da cui riuscisse a ottenere l'invito. Si era completamente

9

data all'amore per la cucina.

In realtà era stato solo uno stratagemma per evitare la gente di Corpus Christi. Per non parlare dei pettegolezzi, dell'umiliazione, delle voci di corridoio e della sofferenza. Alla fine, però, si era resa conto di non potersi nascondere per sempre ed era tornata a casa.

Nessuno sapeva quanto si sentisse afflitta, quanto soffrisse per quel cuore spezzato, perché lei aveva amato il marito. Il matrimonio era durato sei anni, e lei aveva creduto fossero felici, per poi scoprire che Mason aveva vissuto una bugia. Era stato devastante. *Come aveva fatto a non capirlo?*

Quella domanda la perseguitava.

Quando lui le aveva detto che la stava lasciando, Lisa era stata completamente e totalmente presa alla sprovvista. Dopo aver scoperto che la relazione andava avanti da quasi due anni, era stato ancora più terrificante e umiliante. Si era sentita stupida, un'idiota. *Come aveva fatto a non vedere i segnali? Era stata talmente accecata dall'amore che li aveva ignorati? Mason sapeva recitare talmente bene che aveva due vite...* Quel pensiero la innervosiva ancora.

Poi, lui aveva cominciato a mandarle dei messaggi e a schernirla con delle immagini di sé, della giovane sposa e del figlio. La prima volta che era successo, Lisa era rimasta scioccata. In totale aveva ricevuto almeno una dozzina di foto, anche dopo avergli intimato ripetutamente di smetterla. Lui non si era fermato, quindi Lisa stava solo cercando di ignorarlo. Eppure Mason continuava imperterrito. Lei non sapeva mai quando sarebbe arrivata la prossima; non erano regolari, ma a sorpresa. Arrivavano all'improvviso, la prendevano in contropiede.

Quella mattina era successo di nuovo. Aveva ricevuto una foto di Tabitha, la sposa, e il figlio che sorridevano nella fotocamera. Chissà se lei sapeva che Mason stava condividendo quei momenti felici con Lisa, l'ex moglie.

Un dubbio la assillava: perché lo faceva? Si trattava di semplici foto di Tabitha, felice e sensuale, un becero giochetto per far sentire Lisa completamente avvilita, come una perdente. Mason era una canaglia.

Nonostante ciò, con grande orrore di Lisa, quella mattina aveva pianto, e così era in ritardo per il lavoro. Avrebbe dovuto rifarsi il trucco, buttarsi dell'acqua in faccia per liberarsi del gonfiore agli occhi e mettere su un sorriso.

Un sorriso che era determinata a rendere vero.

Lei *sarebbe* stata felice. Lei l'*avrebbe* superata, e *non avrebbe* continuato a sentirsi insignificante per via dell'ex marito, che era un tale debosciato. Si sarebbe rivalsa; di quello ne era sicura. Un giorno sarebbe stato lui il perdente. Anzi, Lisa credeva che lui lo fosse già. Forse era quello il motivo delle foto di Tabitha, lui e il bambino: non voleva sentirsi un perdente.

Mentre entrava nella locanda, Lisa lasciò che quel pensiero le ronzasse in testa. Forse era così. *Forse lui si sentiva già così?* No… ne dubitava; era troppo arrogante per pensarlo. Un giorno, magari.

Lisa fece un respiro profondo, e inalò il profumo che la circondava. Avrebbe contribuito a rendere quella locanda un successo. Quel sogno che condividevano lei e Alice sarebbe diventato il successo non solo dell'isola di Star Gazer, la località costiera alle porte di Corpus Christi, ma anche di quella cittadina e della zona circostante. Il solo fatto di attraversare la porta le risollevava l'umore. Attraversò il piccolo corridoio che portava alla cucina, da dove si vedevano i giardini e, più avanti, la spiaggia e l'acqua color topazio. Lisa sorrise. Quella stanza, la sua area di comando in qualità di chef della Star Gazer Inn, la rendeva felice.

Quello era un nuovo inizio per lei, un sogno. Sapeva che avrebbe trovato un modo di far smettere Mason, perché non avrebbe lasciato che la privasse di quel futuro. Era fuori questione.

"Alice, dove sei?"

"Qui," rispose l'amica affrettandosi da una stanza in fondo al corridoio che portava alla parte frontale della locanda. "Mi chiedevo dove fossi. È venuta Nina e abbiamo bevuto un caffè. Stavo guardando degli annunci, voglio la tua opinione."

"Benissimo. Oggi faccio gli ordini finali, così avremo tutti gli ingredienti che ci servono. Il nuovo sous-chef arriverà domani e lavoreremo insieme tutta la settimana per prepararci. Farò un paio di riunioni anche con i camerieri... La prossima settimana sarà entusiasmante. Non ci credo che stia per succedere." Il solo pensiero le faceva accelerare il battito.

Alice era raggiante. "Neanche io. Sembra tutto fantastico. Seth lavorerà tutta la settimana per finire il padiglione in tempo."

Lisa incrociò le braccia e si appoggiò al bancone. "Sei andata di nuovo in barca con lui?" Lei ci sperava, perché Alice sorrideva molto, ultimamente, e forse era quella la ragione. Non tutti gli uomini erano come l'ex marito. Alcuni di loro, come il primo marito di Alice, e a quanto pareva anche Seth, erano dei bravi ragazzi.

* * *

Alice si morse il labbro quando sentì quella domanda. "Sì, sono andata in barca con Seth la settimana scorsa." L'uomo aveva aiutato a ristrutturare la casa ed era vedovo, ma la moglie era morta poco più di cinque anni

13

prima, mentre William era scomparso da soli due anni. Lei non sapeva se cercare di aprire il cuore a un'altra persona fosse un'idea buona o cattiva. Sapeva solo che quando aveva acconsentito a fare un giro con Seth, lui non le aveva messo pressione. Aveva capito in che fase fosse Alice e per lei era stato straordinario. Ciò di cui sentiva più nostalgia era la compagnia di William. Quanto le mancava essere la moglie di quel mandriano, e quanto le mancavano i momenti romantici e intimi. Per lo più sentiva la mancanza dei semplici momenti vissuti insieme, passati a chiacchierare, quindi era stato sorprendentemente piacevole trascorrere del tempo con Seth.

Si erano solo abbracciati, e quell'abbraccio le aveva riempito il cuore e aveva colmato un desiderio, un bisogno. Sarebbero andati oltre? Alice l'avrebbe mai baciato? Ci avrebbe pensato al momento opportuno. Nel frattempo stava procedendo a piccoli passi. Seth era il costruttore della locanda e un amico, ed era bello averlo lì. Era un uomo fantastico. Oltretutto, andava a genio anche ai figli di Alice. Jackson aveva parlato per loro e le aveva detto che l'avrebbero sostenuta in tutto. Lei aveva cresciuto dei bravi ragazzi e sapeva che William avrebbe voluto che le dessero quella risposta.

"Arriva tra poco per lavorare al padiglione. Mi ha chiesto se voglio fare un altro giro in barca domani, e ho detto di sì. Contenta?"

Lisa rise. "Da morire. Ma la domanda è… Tu sei contenta?"

"In realtà sì. È un uomo semplicemente eccezionale."

"Sì, è vero, lo penso perfino io, dopo quello che ho passato. Non mi fido di nessun uomo al momento, ma devo dire che lui è meraviglioso. L'ho osservato attentamente e credo sia pazzo di te, ma ciò che mi piace di più di lui è che non ti ha messo pressione. Capisce cosa provi, Alice, ed è bellissimo."

Alice fece un respiro profondo e annuì. "Sono d'accordo. Quindi ci andremo piano, giorno per giorno. Ora andiamo a guardare quegli annunci. Stiamo facendo dei passi avanti, e questo mi rende felice."

"Sono contentissima che tu abbia scelto di voltare pagina," disse Lisa con della commozione negli occhi. "È molto meglio che essere tristi e perduti."

Alice sospirò. "È vero."

CAPITOLO DUE

Dallas McIntyre entrò a grandi passi dall'ingresso laterale della locanda con l'intenzione di sorprendere la madre. Era arrivato in città il giorno prima. Strinse il braccio ferito a sé e aggirò il perimetro dell'ampio B&B e ristorante. Attraversò il cancello posteriore verso il giardino dell'enorme cortile sul retro. La madre aveva reso quel posto magnifico. Si incamminò sul vialetto che conduceva alla veranda posteriore quando sentì un urlo provenire dalla spiaggia.

Non era troppo forte, ma aveva sentito bene. Quando ne udì un secondo, non esitò; attraversò di corsa il giardino verso la spiaggia. Arrivato al cancello posteriore della locanda, non lo aprì nemmeno. Scavalcò la recinzione come in una corsa a ostacoli, poi sentì un dolore irradiarsi alla spalla e nel bicipite, che in quel momento erano deboli e doloranti. Tuttavia, li ignorò ed esaminò la spiaggia. Vide una donna in ginocchio, piegata in due sulla battigia. La donna alzò lo sguardo e urlò di nuovo. Dallas corse verso di lei.

Lei lo guardò arrivare con un'espressione colma di panico.

Quando la raggiunse, si buttò in ginocchio. "Che succede?"

Degli enormi occhi azzurri angosciati lo trafissero. "Il mio bambino. Il mio bambino sta per nascere."

Bambino. Dallas abbassò lo sguardo, e solo allora si rese conto che la donna era incinta. Si teneva lo stomaco sotto una casacca giallo pallido che a prima vista nascondeva un po' la pancia. "Stai per partorire?" Lui era consapevole che quella domanda fosse stupida, perché la donna era palesemente incinta, ma era evidente che non gli fosse ben chiaro.

Lei annuì, ansimando e afferrandosi la pancia. "Ora. Sto per partorire *adesso*. Devo andare all'ospedale."

Lui era un cavalcatore di tori. Non era uno zio, un papà o un pediatra. Niente di tutto ciò. Si limitò a fissarla.

Poi la donna fece una smorfia, grugnì e si tenne stretto il ventre. "Aiutami."

Sì, aiutarla. Dallas tirò fuori il telefono dalla tasca

e digitò il numero della madre. "Dai, mamma… Rispondi, rispondi," disse ad alta voce, poi guardò la donna. "Mia madre vive proprio lì, alla locanda. Le sto telefonando, così chiamerà l'ambulanza. Resisti."

La madre rispose.

"Mamma, sono qui in spiaggia. Sì, fuori dalla locanda. C'è una donna che sta per partorire. Sì, mamma, qui in spiaggia… Sta per nascere. Chiama i soccorsi, chiedi aiuto. Ora la prendo in braccio e la porto dentro. Non so cosa stia per succedere, ma sto arrivando, quindi preparati." Dopodiché riattaccò.

Ripose il telefono in tasca e, mentre la donna grugniva e urlava, la prese in braccio con delicatezza. Anche il braccio ferito urlava, ma Dallas lo ignorò.

I pantaloni della donna erano bagnati, e lui non era sicuro del perché, ma sapeva che avesse qualcosa a che fare col parto. Dallas era in preda al panico. Oh sì, era fuori di sé, completamente andato.

La donna gli avvolse le braccia attorno al collo e gli appoggiò la testa sulla spalla. "Grazie," gli sussurrò. "Non sapevo cosa fare. È in anticipo. Troppo."

Dallas la strinse a sé e si incamminò verso la locanda il più velocemente possibile. "Andrà tutto bene. Andrà *tutto* bene. Mia madre sta chiedendo aiuto. Ti porto alla locanda, così starai comoda. Lei saprà cosa fare, quindi stai tranquilla.”

La donna annuì contro il collo di Dallas e grugnì, e lui sentì lo stomaco di lei irrigidirsi fortemente contro di sé. In quel momento sentì il desiderio di scappare, ma invece andò come un fulmine verso l'entrata posteriore della Star Gazer Inn. Non era mai stato tanto felice di vedere una porta di vetro aprirsi.

La madre gli corse incontro giù per i gradini. “Forza, Dallas, portala dentro. Santo cielo.”

Fortunatamente Alice non era un tipo da andare nel panico, ma quelle parole gli fecero capire che non era una circostanza normale. Beh, quello lo sapeva anche da solo. Alice corse su per i gradini per tenere la porta aperta mentre lui si faceva strada dentro.

“Portala nella prima camera in fondo al corridoio anteriore.”

Dallas andò in quella direzione, seguendo il braccio disteso della madre, che lo seguì. Era sollevato di vedere Lisa, una buona amica e cuoca, che stendeva degli asciugamani sul letto.

Lei gli sorrise. “Vieni, Dallas. Adagiala qui, ci prenderemo cura di lei finché non arriverà l'ambulanza.”

Lui poteva solo sperare che fosse così.

“Non ci vorrà molto,” aggiunse la madre. “Quindi

resisti, tesoro. Tu e il bambino starete bene."

Dallas pregò che Lisa e la madre avessero ragione.

* * *

Lorna Jordan scacciò via le lacrime mentre il dolore la lacerava e si aggrappò al collo dell'uomo che aveva attraversato la spiaggia di corsa per salvarla. Non sapeva come avrebbe mai potuto ripagarlo per ciò che stava facendo per lei. Il bambino stava per nascere due settimane prima del previsto. Non sarebbe mai andata a passeggiare sulla spiaggia, se avesse saputo che sarebbe entrata in travaglio.

Il suo povero bambino. Sarebbe stato sicuramente bene.

La prima donna sorrise. "Vieni, tesoro, lascia andare Dallas, così ti mettiamo sul letto. L'ambulanza sta arrivando. Io e Lisa ti aiuteremo. Mi chiamo Alice… Non avrò mai fatto nascere un bambino, ma in passato ho aiutato a far partorire molte mucche, e anche Dallas. È più o meno simile, quindi ci prenderemo cura di te, se sarà necessario, ora vieni."

Lorna guardò il viso dell'uomo. *Dallas.* Aveva degli occhi gentili e pieni di apprensione. Poi sbatté forte le palpebre perché, anche solo a guardarlo, sentiva le lacrime farsi più intense, ma non avrebbe pianto. "Grazie," sussurrò, poi gli lasciò andare il collo.

"Sono semplicemente contento di essere capitato al momento giusto. Ho aiutato a partorire dei vitelli, ma le mie conoscenze si fermano lì. Invece mia madre ha avuto un po' di bambini. Ti lascio alle loro cure, se avranno bisogno di qualcosa, sanno che sono qui. Nel frattempo esco e lascio che si prendano cura di te." Dallas indietreggiò.

La madre prese il posto dell'uomo e le sorrise con gentilezza. "Andrà tutto benissimo. Menomale che Dallas ti ha trovata. È in anticipo?"

Lorna annuì. "Due settimane. Non pensavo arrivasse tanto prima. Due settimane prima è tanto? Troppo pericoloso?"

"No, tesoro, due settimane sono normalissime, sia di anticipo che di ritardo, quindi andrà tutto bene. È solo ansioso di uscire. Tutti i miei ragazzi lo erano. Hanno cercato tutti di mettermi fretta, quindi resisti. Dallas è arrivato tre settimane prima e guarda che uomo forte e possente è diventato. Cavalca i tori, sai, quindi non ha niente che non va. Forse è un po' ottuso, considerando la scelta del rodeo come lavoro a tempo pieno, ma è bravo, quindi immagino sappia cosa sta facendo. L'ambulanza arriverà tra pochissimo, ma ora dimmi, quanto tempo passa tra una contrazione e l'altra?"

"Non lo so."

Alice guardò l'amica. "Lisa, forse dovresti mettere a bollire una pentola d'acqua, casomai avessimo bisogno di sterilizzare degli strumenti prima che arrivino i rinforzi. Portami anche degli asciugamani morbidi."

"Certo. Sì, signorina, sei in buone mani con la mia amica Alice. Si prenderà cura di te."

Alice aveva un aspetto gentile, e aveva qualcosa negli occhi, una determinazione che le infondeva tranquillità. Lorna annuì. "Le credo. Ringrazio solo di non essere stata da sola su quella spiaggia. Era piuttosto deserta, questa mattina."

Alice le accarezzò il braccio. "Non era nei piani di Dio farti dare alla luce questo bambino tutta sola. Quindi stai tranquilla… di questo puoi starne certa."

Un dolore si impadronì di nuovo di lei. Strillò, poi si mise la mano sulla pancia e si piegò in avanti sentendo il bisogno di spingere. "Mi sa che ho bisogno di spingere," disse a fatica.

"No." Alice fece segno a Lisa di andare. "Aspetta. Cerca di respirare. Forza, respira e rilassati. Datti ancora qualche minuto. Credo di sentire l'ambulanza in lontananza." Lorna cambiò posizione. "Ora do un'occhiata per vedere a che punto sei e per assicurarmi che il bambino non stia già uscendo."

"Mamma, io aspetto dentro per far entrare i paramedici." Dallas lasciò la stanza.

Lorna fu grata quando sentì le sirene qualche secondo dopo. Inspirò ed espirò come le disse Alice. Ciò sembrò calmarla un po' e aiutò ad alleviare i dolori. Mentre il bisogno di spingere si attenuava, si rilassò un po' di più. *Se solo avesse potuto aspettare.*

"Va bene, sei rilassata, quindi se riusciamo a farli arrivare prima che tu senta di nuovo il bisogno di spingere, andrà tutto bene e non dovrai preoccuparti che tocchi a me farti partorire."

"Grazie, Alice."

"Figurati. Come ti chiami?"

Lorna inspirò e si afferrò di nuovo lo stomaco, ma riuscì a parlare. "Lorna."

"È un vero piacere conoscerti, Lorna." Alice la accarezzò di nuovo proprio mentre si apriva la porta.

Dallas entrò nella stanza e Lorna tirò un sospiro di sollievo mentre incontrava lo sguardo dell'uomo, che le annuì. Poi lui fece strada a due paramedici. Lorna cercò di sorridere ma il dolore la assalì, e non riuscì ad abbozzare un sorriso per fargli sapere quanto lo apprezzasse.

Perché era quello il problema: lei non aveva nessuno. Aveva pensato di fare una passeggiata sulla spiaggia per cercare di inquadrare la propria vita, di capire quale sarebbe stato il prossimo passo col bambino, che non era in programma, ma che lei sapeva di voler crescere. Tuttavia, la risposta non era arrivata, ed era successo *quello*. Era quasi come se il cielo le stesse dicendo che la vita non sarebbe affatto diventata più facile, e lei ci credeva.

Poi, mentre Dallas usciva dalla stanza, i loro sguardi si incontrarono. Lui le strizzò l'occhio e tornò in corridoio. Aveva salvato lei e il bambino, e Lorna gli era assolutamente grata.

* * *

Dallas faceva avanti e indietro nella cucina quando la madre entrò. "Starà bene?"

"Sì, sembrava davvero sfinita," commentò Lisa.

"Andrà tutto bene. Quei paramedici si prenderanno cura di lei, ma dovrà partorire ora, proprio qui. Menomale che sono venuti al momento giusto. Santo cielo, grazie a Dio l'hai trovata. Come hai fatto?"

"Ero venuto a salutarti ed ero appena arrivato in giardino quando ho sentito un urlo. Sono corso sulla spiaggia e lei era lì, sola sulla battigia. Nessuno l'avrebbe sentita, se non ci fossi stato io lì fuori." Dallas si passò una mano tra i capelli. "Avrebbe dato alla luce quel bambino da sola, sulla spiaggia. È un pensiero terribile.”

La madre gli appoggiò una mano sul braccio e strinse. “No, perché Dio ti ha messo nel posto giusto al momento giusto.”

Dallas era contento di essere capitato lì. “E io sono grato che tu e Lisa foste a casa. Non so cosa avrei fatto, se avessi dovuto aiutarla a partorire seduta stante.”

“Tesoro,” disse la madre. “Hai fatto partorire un sacco di animali, ci saresti riuscito.”

Lisa si avvicinò, lo abbracciò e alzò lo sguardo verso di lui. “Dallas, tua madre ha ragione. Hai fatto nascere tanti vitellini, quindi hai dimestichezza con lo stress. Se riesci a metterti sul dorso di un toro, tutto calmo, tranquillo e composto, avresti fatto nascere quel bambino egregiamente, ne sono sicura.”

“Concordo con Lisa. Ci saresti riuscito. Ora ti senti agitato solo perché è un’esperienza nuova.”

Dallas sospirò. “Be’, mi fa piacere che abbiate tutti fiducia in me, ma io dico comunque che quella povera donna sarebbe stata nei guai, se la nascita del figlio fosse stata nelle mie mani.”

La madre gli diede una pacca sulla spalla. “Ce l’avresti fatta.”

Lui fece un respiro profondo. Aveva quasi fatto nascere un bambino, ma grazie al cielo non era successo.

CAPITOLO TRE

Seth Roark imboccò Main Street e si diresse verso l'estremità dell'isoletta. Quella mattina era in ritardo per il lavoro alla Star Gazer Inn, ed era ansioso di vedere Alice. Prima, però, doveva fermarsi a prendere il legname e altre forniture necessarie per il padiglione che stava costruendo nel giardino della locanda.

Quasi sei anni prima, aveva perso l'amata moglie per un cancro, e ciò l'aveva annichilito. Perderla era stato come perdere un braccio. Si era sentito come se fosse fuori posto nel mondo. Gli ci era voluto tanto tempo per ritrovare la gioia. Sebbene fosse stato determinato a voltare pagina come avrebbe voluto la moglie, non aveva in programma di trovare una compagna. Semplicemente non era pronto a pensarci, e probabilmente non lo sarebbe mai stato. La scomparsa di Jen gli aveva risucchiato l'anima. Fortunatamente aveva trovato consolazione nella barca. La prendeva spesso, da solo. A volte pescava, altre si godeva semplicemente la giornata. Talvolta restava seduto lì, nella baia, e lasciava che le onde cullassero la barca mentre la quiete gli appagava i sensi.

Durante la malattia, aveva preso un congedo dal lavoro come dirigente, ma dopo la morte di Jen non ci era tornato. Era andato in pensione anticipata e poi aveva dato il via all'attività di ristrutturazioni. Quando aveva accettato il lavoro alla locanda, l'azienda era in piedi da quasi cinque anni. Lì aveva conosciuto Alice McIntyre, e qualcosa dentro di lui era cambiato. Si era sentito attratto da lei all'istante, il che non succedeva dalla scomparsa di Jen.

Alice era vedova da meno tempo di lui, e la stimava molto per come stava cercando di andare avanti e ricominciare daccapo, dando inizio a un nuovo capitolo. Era chiaramente a un bivio e non era pronta per uscire con un uomo. Lui capiva in che fase fosse Alice, perché ci era passato anche lui… Finché non l'aveva conosciuta.

Gli piaceva il fatto che lei e il marito avessero avuto un matrimonio splendido, così come lui l'aveva avuto con Jen. Era rimasto sconcertato dal sentimento che aveva sviluppato per lei nelle settimane di ristrutturazione della pensione. Stava cercando di fare un passo alla volta e non aveva intenzione di metterle fretta. L'ultima cosa che voleva era ferirla, e avrebbero fatto un passo avanti se e quando sarebbe stata pronta.

Quando Alice aveva acconsentito ad andare in barca con lui, Seth si era sentito al settimo cielo e continuava a rimuginarci da allora. Si erano divertiti un mondo, come amici, e quando l'aveva consolata, si erano abbracciati. Seth aveva capito che Alice provava dei sentimenti per lui e la soluzione migliore era non metterle fretta.

A quel punto aveva cominciato a desiderare di poterla abbracciare più spesso delle poche volte in cui l'aveva confortata. Tuttavia, aveva respinto quei pensieri. Sapeva che così facendo avrebbe solo affrettato le cose e si sarebbe sentito frustrato a pensare al futuro con Alice. Eppure, sapeva di desiderare più di un'amicizia.

Quando lei aveva di nuovo acconsentito al giro con lui, quel fine settimana, si era sentito elettrizzato. Da allora fischiettava tutte le mattine, come in quel momento del resto.

Le luci dell'ambulanza che lampeggiavano nel vialetto della locanda interruppero il fischiettio. Seth sentì il cuore sprofondare e toccare il fondo, per poi rimbalzargli in gola. *Era successo qualcosa ad Alice?*

In quel momento tornò indietro nel tempo, alle innumerevoli volte in cui aveva chiamato l'ambulanza per Jen. Strattonò il volante e parcheggiò il pick-up in un'angolazione strana davanti alla locanda. Balzò giù dal veicolo, sfrecciò sul vialetto, salì i gradini e si fiondò nella porta aperta. Attraversò il corridoio di corsa e quasi collassò quando vide Alice dall'altra parte della stanza, impegnata in una conversazione con Dallas e Lisa. I due incrociarono lo sguardo, e lui capì di essersi già innamorato di Alice McIntyre. Era cotto marcio.

Seth deglutì a fatica, si affrettò verso di lei e la abbracciò. "Alice, che è successo? Ho pensato ti fosse successo qualcosa." Poi mollò la presa, lottando contro il desiderio di tenerla stretta a sé. Doveva ricomporsi.

"È tutto a posto. C'è stato un po' di fermento… Nella stanza accanto sta per nascere un bambino. Dallas ha soccorso una donna in travaglio sulla spiaggia, ora ci sono i paramedici con lei. Sono molto sollevata che siano arrivati in tempo, perché per un momento ho pensato di dover far nascere io il bambino." Alice sorrise e gli toccò il braccio.

Seth fu pervaso da una sensazione di sollievo. Si sforzò di assumere un'espressione rilassata e sorrise. "Be', posso solo dire… Menomale che sono arrivato in ritardo, che non ero in giardino, e che non sono stato io a imbattermi in quella donna sulla spiaggia. Come hai fatto a trovarla?"

Dallas inspirò. "Ero venuto a portare un saluto alla mamma, sono entrato in cortile e ho sentito un urlo, così mi sono precipitato in spiaggia, l'ho trovata e l'ho portata qui per aiutarla a partorire."

"Credimi," disse Alice. "Avrei fatto il mio dovere, ma è stato un sollievo vedere i paramedici attraversare quelle porte come degli eroi."

Seth non riuscì a trattenersi; prese la mano di Alice e gliela strinse. "Allora menomale, così non hai dovuto affrontare quella situazione stressante."

In quel momento udirono il pianto di un bambino. Quando sentirono di nuovo quel suono, si girarono tutti verso la porta.

"È normale, mamma?" chiese Dallas.

"Certo." Lei gli sorrise. "È un buon segno quando il bambino piange. Dallas, sono estremamente grata che tu l'abbia salvata."

Il figlio annuì. "Oh, mai quanto me. Infatti, spero non si ripeta un'altra volta, ma andrò comunque a vedere qualche video su Youtube su come far nascere un bambino in situazioni d'emergenza… Casomai dovesse ricapitare."

Tutti i presenti gli sorrisero, poi la porta si aprì e i paramedici uscirono spingendo una barella.

* * *

L'ambulanza andò via e Dallas la seguì. Alice guardò il gruppo di persone con lei nel vialetto. "Be', è stata una grande esperienza, sia per noi che per Lorna. Andiamo all'ospedale, o lasciamo che vada Dallas e ci facciamo aggiornare? Sarà esausta."

Seth le mise una mano sulla spalla e gliela strinse. "A quanto ho capito, in quel poco tempo prima che arrivasse l'ambulanza, le sei stata molto d'aiuto. Per me puoi fare qualunque cosa, quindi se ti va di andare all'ospedale, ti accompagno io. Vale anche per te, Lisa."

"No." Lisa agitò le mani. "Resta poco tempo prima dell'apertura e voglio continuare a mettere a punto il menù. Dopo passa di qui, così ti faccio assaggiare alcuni dei dolci per l'inaugurazione."

"Io…" Alice incrociò le braccia e lo guardò con incertezza. "Non so cosa fare, ma magari potremmo andare ora."

Il costruttore sogghignò. "Sì, immaginavo fosse quello il piano. Vieni, andiamo. Hai tutto il necessario?"

"Prendo la borsa e sono pronta." Lei gli sorrise e

andò dentro.

Quando Alice uscì con la borsa, Seth aprì la portiera del pick-up. Avrebbe fatto qualsiasi cosa per quella donna. Era bellissimo guardarla entusiasta per aver contribuito a quella nascita. Stava tornando la donna di prima, ed era un bene per tutti. Il che, per quanto ne sapeva, dal momento che lui aveva cominciato a lavorare per lei qualche mese prima, era un obiettivo che si era posta dal primo giorno. Alice si sedette e gli sorrise. Seth sentì tutto il proprio io interiore ricambiare il sorriso.

"Grazie per il passaggio. Molto probabilmente non rimarrò a lungo, ma voglio almeno vedere come sta e se ha bisogno di qualcosa. Insomma, era lì fuori da sola. Non ho visto un telefono o altro." Alice guardò Seth. "Sai, la sua macchina potrebbe essere da queste parti."

"Hai ragione. Mentre andiamo, fai caso se c'è qualche auto insolita parcheggiata lungo la strada o nel parcheggio della spiaggia. Anche se è tranquillo stamattina, ce ne sono talmente tante in questa zona, che è difficile riconoscere i veicoli che non si vedono di solito."

"Cercherò comunque di farci caso."

Seth chiuse la porta, poi entrò dal lato del guidatore. Nel giro di qualche secondo erano in strada. Alice puntò a un paio di macchine all'apparenza nuove. Se fossero riusciti a parlare con lei, avrebbero potuto chiederle che auto avesse.

"Menomale che c'era Dallas," disse l'uomo. "È appena tornato in città?"

"Sì, e ne sono felice. Ha un problema grave alla spalla e al braccio, ha dovuto interrompere le gare per un po'. Forse dovrà ritirarsi. Ama il rodeo, ma la spalla è in brutte condizioni."

"Caspita, e ha trasportato la donna in casa fin dalla spiaggia?

"Sì, anche se non so bene come."

"Tutto frutto della determinazione, o forse il cielo ha in mente qualcosa."

Alice inclinò la testa e lo guardò. "Stavo pensando la stessa cosa. Hai visto quanto era risoluto mentre andava all'ospedale?"

"Eccome! È interessante." Lui ricambiò lo sguardo, chiedendosi cosa stesse pensando Alice.

"Spero che per lui sia un'esperienza positiva, lo spero per entrambi."

Anche Seth lo sperava.

CAPITOLO QUATTRO

Nell'istante in cui lo vide nella sala d'aspetto, Alice abbracciò Dallas. "Hai avuto notizie di Lorna?"

"Lorna?"

"Sì, non sapevi il suo nome?"

Il figlio scosse la testa. "No, ma grazie. La stanno portando ora in una stanza, sta bene. È stato un colpo di fortuna trovarla lì."

"Era destino che fossi lì." Gli annuì perché era vero.

"Ora vado a vedere come sta e se ha bisogno di qualcosa." L'espressione di Dallas era seria. "Non so se ha qualcuno qui."

"Sembra una buona idea allora. Facci sapere come sta e se ha bisogno di qualcosa."

"Be', mamma, sono sicuro che non è un problema se entri anche tu. Voglio dire, non è che tu non la conosca."

Alice lanciò un'occhiata a Seth, e lui alzò un

sopracciglio. La mente della donna entrò in un vortice di pensieri, poi rivolse di nuovo lo sguardo al figlio. "Penso che sia già difficile per lei senza un mucchio di estranei, lì dentro, quindi volevo solo venire a dirti che ci siamo, e se ha bisogno di qualcosa, chiamaci e ce ne occuperemo noi. Credimi, voglio vedere Lorna e il bambino, ma non penso sia il caso. Ora mi faccio riportare alla locanda da questo amico, così cominciamo il progetto finale. Ma seriamente, se ha bisogno di *qualsiasi cosa*, fammi sapere."

Dallas sembrava un po' disorientato da quelle parole, ma annuì. "Certo, mamma. È stata sicuramente una giornata assurda per lei, quindi forse hai ragione… Meno trambusto c'è, meglio è."

Quando Alice e Seth raggiunsero di nuovo il parcheggio, lei si fermò. "Non so se ho fatto bene, ma mi sembrava la cosa giusta. L'ha trovata lui, l'ha salvata lui e ora lascio che sia *lui* a fare il resto. Magari la rivedremo domani o dopodomani. Sembro pazza, secondo te?"

Seth allungò la mano verso quella di Alice. "Sembri una che vuole il meglio per il figlio."

"È così, ma non so niente di lei, nemmeno se è già sposata. La cosa positiva è che Dallas le sta dando una mano. Aiutare un'altra persona fa sempre bene, quando ci si sente giù. Grazie per l'aiuto."

"Lo sai che ci sono sempre," le rispose Seth, che le strinse la mano con dolcezza.

Alice in realtà era davvero entusiasta della reazione dell'amico alla domanda. Lui non pensava che lei avesse perso la testa. Sembrava pensare che si stesse comportando come una madre premurosa ed era d'accordo con lei. Che uomo eccezionale. Mentre lo guardava, la simpatia nei suoi confronti crebbe. Era stato davvero bravo nella ristrutturazione del B&B e nell'ampliamento del ristorante. In quella settimana le stava costruendo un meraviglioso padiglione dove, volendo, avrebbero potuto organizzare matrimoni, anniversari, o magari delle cerimonie speciali. "Allora sei pronto a lavorare in giardino oggi?"

Seth le rivolse un gran sorriso mentre apriva la portiera della macchina. "Sì, sono pronto. Tu sei pronta ad assicurarti che lo faccia secondo i tuoi gusti?"

Alice rise sotto i baffi. "Sì, certo. Sono ansiosa di vedere il tuo prossimo capolavoro." Diceva sul serio.

* * *

Mentre guardava il bellissimo maschietto che aveva tra le braccia, Lorna si sentì il cuore colmo d'amore. Ancora non credeva di aver superato quella mattinata e di aver ricevuto tutto quell'aiuto per far nascere il bambino. Sentì la porta della stanza aprirsi e alzò lo sguardo con trepidazione. Dallas infilò la testa dentro e lei si sentì pervadere da un senso di gratitudine.

Quando incrociarono lo sguardo, lei gli sorrise. "Ciao, Dallas. Entra, ti prego."

"Va bene," disse lui a bassa voce mentre si faceva strada nella stanza e chiudeva la porta dietro di sé. Poi si fermò a circa due metri dal letto. "Come va?"

"Grazie a te, bene. Dallas, mi chiamo Lorna Jordon e ti sono estremamente grata. Ti prego, vieni qui, così puoi vederlo meglio." Gli fece segno di avvicinarsi e passò il bambino nell'altro braccio, così che Dallas potesse guardarlo in faccia. "Ti presento Landon. L'ho chiamato come mio padre, che è morto quando avevo sette anni. Era un brav'uomo." Ciò che diceva del padre era vero, ed era entusiasta di dare quel nome al figlio.

"Piacere di conoscerti, Lorna. È bellissimo, e guarda… ti sta sorridendo," le disse guardandola. "Mi dispiace per tuo padre. Io l'ho perso due anni fa, quindi ho avuto la fortuna di passarci più tempo, ma almeno tu ce l'hai avuto abbastanza da conoscerlo un po' e serbare un bel ricordo."

Gli sguardi dei due si incrociarono e lei sentì una connessione innegabile con Dallas.

"Grazie." Poi abbassò lo sguardo verso il figlio. "Credo sia adorabile. Mi sento grata ad averlo. Voglio ringraziarti per aver sentito la mia voce ed essere accorso per salvare il mio dolce bambino. Se non ci fossi stato tu, non so cosa sarebbe successo."

Dallas si morse il labbro. *Era stupendo quando lo faceva.* Adorabile. Lorna si accorse di avere un problemino. Aveva appena dato alla luce quel bambino bellissimo, quindi magari aveva le emozioni in subbuglio.

"Ma figurati," disse lui l'attimo dopo. "Sono solo contento di esserci stato."

I due si fissarono. Lei aveva perso le parole. Poi il bambino emise un suono e lo guardarono entrambi. Aveva un sorriso stampato in volto, che si fece più ampio mentre continuavano a guardarlo.

"Caspita, è felice." Dallas rise sommessamente.

Anche lei era felice. "Sì, ma sai che mi hanno detto che vuol dire che deve fare i bisognini o altro? Io, però, la prenderò come un'espressione di felicità, perché io di certo sono felice."

"Scusa l'indiscrezione," disse lui. "A casa tua o al tuo appartamento hai tutto ciò che ti serve? Hai dei parenti che potrei chiamare? Sennò posso andare a prenderti io tutto il necessario."

Tutto il necessario. Lorna ignorò il cuore a mille. "In realtà non ho una famiglia, e non conosco nessuno qui, sono in zona solo da un paio di settimane. Non è che potresti portarmi a casa, quando mi dimetteranno? Una casa ce l'ho."

Sì, aveva una casa… in circostanze molto insolite.

"Certo, farò tutto ciò di cui hai bisogno. Non ti preoccupare, va bene?"

Il cuore di Lorna partì in quarta, e lei si sentì pervasa dal sollievo. Se non ci fosse stato lui, avrebbe dovuto chiamare un taxi. Molto meglio così.

CAPITOLO CINQUE

Nina Hanson risalì il vialetto del ranch McIntyre. Continuava a dare di matto a pensare che, una volta sposato Jackson, anche lei avrebbe potuto godere di quella tenuta mastodontica. Andare sulla piccola isola di Star Gazer per scappare da un molestatore era stata una benedizione; nel mentre aveva conosciuto Jackson, Alice, Lisa e tutti i cittadini di Star Gazer. Ci erano voluti tre anni di reclusione all'estremità dell'isoletta, con quella locanda vuota come unica vicina. Poi Alice McIntyre l'aveva comprata e vi si era trasferita, e dopo l'incontro col mandriano, la vita di Nina era cambiata.

Ovviamente le sarebbe bastato anche solo conoscere la meravigliosa Alice e l'amica Lisa, che erano diventate entrambe delle carissime amiche, ma Jackson era stato la ciliegina sulla torta. Era straordinario, e non importava se venisse da quella tenuta gargantuesca o da un piccolo chalet nel mezzo del nulla; non vedeva l'ora di diventare la moglie di quel cowboy.

Quando lui uscì dal grande fienile e agitò la mano verso di lei, Nina sentì il cuore fare le capriole e ricambiò il saluto, poi parcheggiò l'auto. Jackson sorrise e la raggiunse. Le aprì la portiera e le prese la mano per aiutarla a uscire dalla macchina. Una volta fuori, la prese subito tra le braccia, chinò la testa e la baciò profondamente.

Le ginocchia di Nina si indebolirono all'istante.

"Sono felice che tu sia qui. Mi sei mancata." Jackson alzò la testa e le fece l'occhiolino. "Mi manchi sempre. Lo sai, vero?"

Lei lo amava da morire. "Sì, e vale lo stesso per me. Non vedo l'ora di decidere la data giusta per il matrimonio. Sono emozionatissima."

"Be', allora esaminiamo il calendario e scegliamone una. Mi sono stufato, sai? Ti sposerei anche davanti al giudice di pace, ma so che vuoi e meriti di più."

"Anche io ti sposerei dal giudice di pace, ma sai benissimo che vogliamo che siano presenti amici e parenti."

"Sì, e io voglio che tu abbia il bellissimo matrimonio che ti meriti."

"Io voglio solo te."

"Ora, però, stai diventando melenso… e mi piace."

Jackson rise sotto i baffi e la baciò di nuovo, stringendola a sé e facendo danzare ogni nervo nel proprio corpo.

Poi si scostarono e si incamminarono verso il fienile. Nina era felice. "Allora, sono nati i cuccioli?"

"Sì, stai per vedere due dei puledri più belli che tu abbia mai visto. Sono nati stanotte, è pazzesco."

"Nello stesso momento? È incredibile, ma del resto avevi il presentimento che sarebbero nati a poca distanza l'uno dall'altro."

"Sì, avevo quella sensazione quando ho chiamato il veterinario. Quando è arrivato, ha pensato la stessa cosa e gli ci è voluta quasi tutta la notte per far venire al mondo questi due piccolini. Per uno di loro non è stato facile, ma fortunatamente sta bene. Quando il dottore è riuscito a tornare a casa, erano le tre ed eravamo esausti."

"Oh, sei riuscito a dormire? Non c'era bisogno che venissi stamattina, avresti potuto riposare."

"Ho dormito, e poi sono contento di vederti. Spero che il viaggio a Dallas sia andato bene. Avrei voluto accompagnarti io."

"La galleria d'arte era bellissima, e credo che anche la mostra del mese prossimo andrà bene." Era dovuta andare a dare un'occhiata alla location, ed era soddisfatta. Quel fine settimana si sarebbe tenuta la prima mostra dopo tanto tempo, proprio lì, in città. Nina non vedeva l'ora. "Sarebbe stato bello se mi avessi accompagnato, ma anche la tua attività è importante e devi essere presente. Quei puledri sono figli delle stirpi sanguigne più forti e sono cruciali per il ranch."

"È vero, ma tu lo sei molto di più."

Nina alzò lo sguardo. Era estremamente toccata da quella dichiarazione. "Ti credo, ma ciò non significa che devi essere irresponsabile e non essere presente per un evento simile. Santo cielo." La ragazza vide i puledri e le rispettive madri, gli uni accanto agli altri nelle stalle. "Che meraviglia."

I cuccioli camminavano, e non erano tanto traballanti come lei si aspettava. Erano di corporatura piccola e avevano le gambe lunghe; uno era di un bellissimo color camoscio e l'altro di un marrone pallido. Erano stupendi. Nina sarebbe potuta rimanere lì a guardarli tutto il giorno.

Poi guardò Jackson. "Probabilmente non mi stancherò mai di guardare una cosa incredibile come questa."

Le labbra del cowboy si allargarono in un sorriso di accordo. "Neanch'io. Sono stupendi, vero? L'unica cosa più bella è vedere un neonato nascere, ma d'altronde, potrei guardare te per tutta la giornata."

Nina sorrise. "A proposito, appena sceglieremo la data del matrimonio, potremo cominciare a pensare di avere dei bellissimi bambini tutti nostri."

Jackson la prese di nuovo tra le braccia e le scoccò un bacio in fronte. "Concordo. Allora andiamo in ufficio in questo istante e scegliamola. Se dovrò cancellare qualche impegno, lo farò."

Avevano cercato di aggirare tutti gli impegni di Jackson. Il calendario era pieno di riunioni, alcune al di fuori degli Stati Uniti. La gestione dell'enorme impero del ranch McIntyre era ricaduto su tutti i fratelli dopo la perdita del padre, ma Jackson ne era il capo. Era lui a ricoprire il ruolo del padre, ed era una grande responsabilità. Nina non avrebbe certo voluto mettergli altro peso addosso. Oltretutto, stava organizzando le mostre d'arte, quindi era un po' complicato incastrare il matrimonio in quell'agenda.

"Io direi di buttarci su un bel matrimonio rapido dal giudice di pace."

"No, te l'ho detto prima. Voglio darti il matrimonio che ti meriti."

Organizzare quel rito lo stava davvero stressando, e lei sapeva che avrebbero dovuto scegliere una data anche solo per dargli un po' di tranquillità. Tuttavia, lei non scherzava quando diceva che l'avrebbe sposato dal giudice di pace. Di sicuro non le sarebbe dispiaciuto un servizio intimo solo con la famiglia di lui. Sarebbe stato incantevole, però non sarebbe stato giusto per gli amici della famiglia, che adoravano i genitori di Jackson e avrebbero voluto vedere il figlio maggiore felice. Così, Nina si lasciò portare dentro e sperò che riuscissero a trovare una data perfetta per tutti.

CAPITOLO SEI

"Buongiorno a tutti," disse Riley quando incontrò i fratelli in cucina per bere un caffè prima di cominciare la giornata.

"Buondì." Tucker bevve un sorso di caffè. "Hai saputo ciò che ha fatto Dallas ieri?"

Riley guardò il fratello in questione. "Sono stato via per gran parte della giornata. Che è successo?"

"Ha giocato a fare l'eroe," commentò Jackson mentre si versava una tazza di caffè.

"Davvero? Che hai fatto?" Riley sapeva che il fratello campione di rodeo era tornato a casa per via della spalla messa male, e in quel momento notò la borsa del ghiaccio.

"Sono andato a trovare mamma e stavo entrando attraverso il cortile posteriore, quando ho sentito un urlo disperato venire dalla spiaggia. Sono corso lì e ho trovato Lorna. Era in travaglio. L'ho portata da mamma e grazie al cielo se n'è occupata lei. Abbiamo una madre speciale. È riuscita a calmare Lorna nell'attesa che arrivasse l'ambulanza."

"Caspita! Il bambino sta bene?"

"Sì, sto per tornare all'ospedale e la accompagnerò a casa, in caso decidessero di dimetterla oggi. Altrimenti ci tornerò domani."

"Menomale che non c'ero io al tuo posto." Tucker alzò un sopracciglio. "Ma sappiamo tutti che sei capace di qualunque cosa, Dallas."

I fratelli convennero all'unisono. Dallas era un tipo che di solito riusciva ad affrontare tutto, se si impuntava, ma la spalla in quelle condizioni lo stava rallentando.

A Riley dispiaceva per il fratello, perché era abbastanza sicuro che quell'infortunio gli sarebbe costato il lavoro che amava. Riley fece un cenno verso la spalla del fratello. "Come va quella? Hai dovuto portarla in braccio?"

"Proprio così," rispose Tucker. "Non lo ammetterà mai, ma soffre come un cane."

"Sopravviverò. La borsa del ghiaccio e l'antidolorifico aiutano." Dallas guardò il ghiaccio. "Ho dovuto resistere così anche durante una cavalcata."

Riley sapeva che il fratello stava combattendo una lotta che gli avrebbe cambiato la vita. "Va bene, spero tu abbia ragione. Perché non ha nessuno che la porti a casa?"

"Non credo abbia parenti o amici qui. Non conosco i dettagli, ma a quanto pare si è appena trasferita."

"Molto interessante," commentò Jackson. "È stata super fortunata ad averti come salvatore."

"Sono solo contento di averla sentita." Dallas sembrava grato. "Va bene, io vado. Buona giornata a tutti."

"Buona giornata e facci sapere se possiamo fare qualcosa per lei," disse Riley.

"Sì," concordò Jackson. "Dopo che sarai andato a casa sua, facci sapere se ha bisogno."

"Certo, grazie."

Tucker sembrava molto serio. "È stata fortunatissima ad averti lì… Menomale."

"Davvero." Dallas si tolse di dosso la borsa del ghiaccio e uscì fuori.

Riley e i fratelli lo guardarono andare via. "Be', ragazzi, la situazione si fa interessante."

"Ah sì?" domandò Jackson. "Dallas è arrivato senza niente in programma e guardate cos'è successo dopo poco. Sarà una distrazione dal cambiamento in atto nella sua vita professionale."

Su quello erano tutti d'accordo.

Riley sapeva che per il fratello sarebbe stato arduo rinunciare a ciò che amava. Lui, d'altra parte, non aveva mai avuto un lavoro che amava in quel modo, ma di recente ne aveva scoperto uno che l'aveva incuriosito.

"Va bene, allora io vado. Sono solo venuto a salutarvi per il fine settimana," disse Riley. "Domani ho un weekend tra donne da ispezionare."

Tutti i fratelli ridacchiarono.

"Ehi, non giudicate."

Tucker sogghignò. "Farai la spia?"

"No, io sarò l'addetto alla manutenzione." Riley appoggiò la tazza nel lavello e si incamminò verso la porta. Era già da un po' che faceva ricerche sui campeggi per donne, sin da quando aveva incontrato una bellissima signorina alla pompa di benzina, con un piccolo camper molto singolare. Le aveva pulito i vetri e si era infatuato, ma lei non gli aveva detto come si chiamasse. Tuttavia, mentre l'aveva guardata andare via, si era reso conto di avere un posto perfetto sul territorio costiero della tenuta che sarebbe potuto diventare un campeggio. Non uno di quelli classici, bensì una location glamour, come quelle in cui si recavano le donne per le gite del fine settimana. Un campeggio che offrisse dei servizi speciali come massaggi, trattamenti facciali e simili, tutte attività che lui sperava di vedere quel weekend.

Avrebbe ispezionato un campeggio. L'addetto alla manutenzione si era ammalato e cercavano un sostituto.

Riley aveva chiamato appena l'aveva saputo, e a quel punto aveva in programma un weekend interessante.

Magari avrebbe incontrato la donna della pompa di benzina. Chi poteva saperlo... Forse era un'ipotesi azzardata.

* * *

Quando Dallas accostò nel parcheggio di una bellissima tenuta e spense il motore, si rese conto che era una bella giornata di settembre. Quando aveva cominciato a percorrere il vialetto della casa di Lorna, era rimasto scioccato. Per qualche ragione, un ranch era l'ultimo posto dove aveva immaginato vivesse.

Le lanciò un'occhiata. "Che bello." La tenuta dei McIntyre era dalla parte opposta della città, ma non esageratamente lontana.

Lorna sembrava strana mentre si guardava attorno. "Sì, è vero. Vivo qui da due settimane e mi sto ancora abituando. Ti spiegherò dopo, dobbiamo portare il bambino dentro, nel suo lettino. Poi spero di avere le forze per raccontarti tutto."

"Mi sembra una buona idea." Dallas uscì dal veicolo, poi aprì la portiera posteriore e liberò il seggiolino protetto dalla cintura, che fungeva sia da trasportino che da sedile.

Lorna camminò lentamente sul vialetto e si avvicinò a una porta laterale con un patio all'esterno. Mentre la seguiva, Dallas notò l'erba incolta dappertutto. Quel posto era bello, ma aveva bisogno di cure.

La donna raggiunse la porta e la aprì. "Entra."

Lui la superò, poi aspettò che lei entrasse passandogli accanto. Sembrava stanca, voleva farla sedere e riposare. Il mandriano entrò in cucina e rimase colpito dalla stanza. Era mascolina, con del legno scuro, ma bella.

La neomamma continuò a camminare oltre il bancone della cucina, verso il salotto, anche quello magnifico. Proseguendo, si girò in un corridoio ed entrò nella seconda stanza. Dallas la seguì nella cameretta di Landon. Non era decorata come quelle per bambini che vedeva in giro, ma c'era una culla bianca molto carina con le coperte azzurre e un paio di animaletti. C'era anche una sedia a dondolo a scacchi azzurri e bianchi.

"Che bella stanza." Dallas mise il trasportino sulla sedia e slacciò il bambino, poi lo prese in braccio. Landon sorrise nel sonno. A Dallas non importava cosa dicessero dei bambini sorridenti, dell'aerofagismo o qualunque cosa pensassero fosse; quel bambino sorrideva davvero… o almeno così gli sembrava.

Anche Lorna sorrise e, dopo averlo preso in

braccio, adagiò Landon nella culla, dopodiché controllò rapidamente il pannolino e sorrise nel vedere che era ancora pulito. Lo coprì con una coperta sottile fino ai piccoli fianchetti. Poi lo guardò e sospirò, mentre Dallas guardava lei. L'espressione della madre era chiaramente piena d'amore per il figlio, era necessario solo uno sguardo per accorgersene.

Lei gli lanciò un'occhiata, poi si incamminò verso la porta. "Meglio che vada in salotto a sedermi. Se vuoi qualcosa da bere, ci sono dell'acqua e del succo d'arancia in frigo."

"No, grazie, sto bene così. Sembri molto stanca. Vieni, siediti."

I due tornarono in salotto. Una poltrona con un poggiapiedi e una coperta erano posizionati in maniera che chi si sedeva avesse una vista del salotto e della cucina, sebbene fosse dalla parte opposta. Lei ci si fiondò e sprofondò nella poltrona. Prese la coperta e la adagiò su di sé mentre poggiava i piedi sull'ottomana.

Dopodiché, alzò lo sguardo verso Dallas. "Devo solo recuperare le energie."

"Certo, ma nel frattempo hai qualcuno che possa venire qui ad aiutarti?"

Lorna chiuse gli occhi e appoggiò la testa sullo schienale della poltrona. "No, temo di no. Mi dovrò abituare."

Era strano. Dallas si guardò intorno, non c'era niente di lei in quella stanza. Era come se ci avesse vissuto un cowboy da solo. Vide una foto sul muro e vi si avvicinò. Ritraeva un uomo col lazo, un uomo che gli sembrava vagamente di aver conosciuto, ma in quel momento si sentiva troppo confuso per farsi venire in mente il nome.

"Ti prendo dell'acqua." Dallas andò in cucina.

"È una foto di Lewis Franks. È il padre di Landon. Ha avuto un cancro a decorso rapido ed è morto circa tre mesi fa. Di solito non ho relazioni del genere… Ci sono uscita tre volte quando è venuto a Houston per una settimana. Non è da me avere certe avventure, ma quella notte sapevo di aver fatto un casino. Nonostante il livello di intimità raggiunto, non ero attratta da lui come avrei dovuto. Dopo aver fatto sesso, si è chiuso in bagno per un po'. Si capiva che era dispiaciuto quanto me. Se ne è andato di corsa e io sono tornata a casa l'indomani. L'ho risentito qualche giorno dopo, quando ha chiamato per dirmi che stava male già da qualche mese e che non sarebbe tornato a Houston. Mi sentivo dispiaciuta per lui, ma andava bene così, perché non l'avrei rivisto. Circa una settimana dopo, ho cominciato ad avere le nausee mattutine. Quando alla fine ho fatto il test e ho scoperto di essere incinta, è stato difficile adattarmi."

Dallas attraversò la stanza e le porse un bicchiere d'acqua. "Immagino. Ecco, bevi."

Lorna si guardò le mani e il cowboy si sentì dispiaciuto per lei. Doveva essere rimasta profondamente sconvolta.

"Grazie." Lorna incontrò lo sguardo dell'uomo con occhi pieni di commozione. "Poi ho dovuto chiamarlo, e lui era scioccato quasi quanto me. Era anche debole, lo sentivo dalla voce… Era ancora malato. Mi ha fatto delle domande e poi, con voce rotta, mi ha detto che sarebbe morto prima della nascita del bambino, ma che si sarebbe occupato di noi. Non ci credevo, mi dispiaceva tantissimo per lui. Certo, quando ero uscita con lui era già magro, ma addirittura moribondo… Inoltre, non avevo capito cosa intendesse con 'prendersi cura di noi'. Pensavo mi lasciasse qualche soldo, ma non ne avevo la certezza. Nei primi sette mesi non l'ho mai sentito. È morto poco più di un mese fa… Il suo avvocato mi ha chiamata dicendomi di venire qui per la lettura del testamento." Lorna fece un respiro, poi bevve dell'acqua.

"Deve essere stato molto difficile per te."

"Sì, quando sono arrivata in questa casa, siamo venuti nel salotto e c'eravamo solo io e l'avvocato. Sono quasi svenuta. Il mio appartamento a Houston era molto piccolo e il mio lavoro precedente non sarebbe stato il massimo per una mamma single… Sai, cercare di lavorare e prendersi cura di un bambino allo stesso tempo non è facile. Ero in un bel guaio, ma quando l'avvocato ha letto il testamento e ho scoperto che avrei ereditato il ranch, i profitti e tutto il resto, ero scioccata. Non era solo una grande tenuta, si trattava anche di soldi per viverci. Una proprietà ereditata che apparteneva a lui, per non parlare del bestiame e dei cavalli. Non sono un tipo da ranch, quindi al momento mi sento un po' confusa."

Dallas era completamente sconvolto. Che storia. Quella donna aveva una situazione complicata, ma cavolo, ereditare la tenuta con i cavalli, le mucche e una casa per il bambino era stata una benedizione. Avrebbe chiesto informazioni su Lewis Frank ai fratelli. Gli sembrava di essere più giovane di lui, quindi immaginando che Lorna avesse circa ventinove anni, Lewis doveva essere stato sicuramente molto più grande di lei.

"Che storia pazzesca. Quindi sei proprietaria di questo posto e hai delle entrate."

"Sì, devo ancora abituarmi a tutto, ma almeno non devo preoccuparmi dei soldi o della casa. Ho solo bisogno di adattarmi."

"Be', è una fortuna," commentò lui. Lorna sembrava esausta ed ebbe bisogno di una pausa. "Vado in cucina a prepararti il pranzo. Tu rimani seduta lì e riposati, io ti preparo da mangiare e poi torno a controllare il bambino, che te ne pare?"

Lorna aveva gli occhi chiusi e annuì. "Grazie. Grazie mille."

"Sono contento di essere qui ad aiutarti." Lo era davvero.

Dallas andò in cucina, ripensando a ciò che aveva appena appreso. Quella ragazza aveva bisogno d'aiuto. Era assolutamente palese. Aprì il frigo e fortunatamente vide un contenitore sigillato di carne di tacchino. Lo tirò fuori insieme a un barattolo di maionese. Prese anche il succo d'arancia, perché probabilmente Lorna avrebbe avuto bisogno di vitamine. Lanciò un'occhiata in salotto: sembrava stesse dormendo. *Era stanca e sola.* Il cervello di Dallas vorticava per l'apprensione.

Appoggiò i prodotti sul bancone e poi prese la pagnotta di pane che aveva visto all'estremità del ripiano. Aprì tutte le ante finché non trovò i piatti e ne tirò fuori due. Preparò due panini al volo e li mise ognuno in un piatto. Aveva bisogno di altro cibo, così andò alla dispensa e prese una busta mezza piena di patatine. Avrebbe dovuto fare la spesa. Non c'era molto, lì. Si sarebbe offerto di andare al negozio per lei.

Dopo aver riempito i piatti di patatine, tornò in salotto e mise il piatto di Lorna sul tavolino accanto alla poltrona. A fianco appoggiò il bicchiere di succo d'arancia. Poi tornò in cucina, prese il proprio piatto e si recò in salotto. Lorna era ancora sdraiata con gli occhi chiusi.

Mentre allungava il braccio e le toccava la mano, il cuore di Dallas partì in quarta. "Lorna, è pronto."

La donna aprì gli occhi un po' confusa e incontrò lo sguardo del mandriano, poi sorrise. In quel momento, il cuore di Dallas si cimentò in un triplo salto mortale.

"Grazie, magari mi darà energia." Dallas aveva tagliato i panini a metà. Lorna ne prese una metà e gli diede un morso.

Anche lui addentò il proprio panino e le lasciò il tempo di riempire lo stomaco. Lorna aveva quasi finito la prima metà del panino quando lui capì cosa doveva fare.

"Dimmi che te ne pare della mia idea. Sono tornato a casa di recente, perché ho la spalla e il braccio in condizioni pessime. Non che siano rovinati a vita, ma potrebbero diventarlo, se continuo col mio lavoro. Forse mi dovrò operare… Conosco un sacco di gente che si è operata almeno due volte, dopo il rodeo. In ogni caso, sono qui per riprendermi più che posso prima di decidere la prossima mossa. Con un braccio solo, al ranch non hanno bisogno di me, quindi sarò il tuo aiutante. Se non ti dispiace. Mi basta guardare fuori per capire che il prato ha bisogno di essere tosato. I cavalli e le mucche avranno bisogno di cure. Riesco a vederli lì, al pascolo, e spero che non ce ne siano nel fienile, sennò significherebbe che non vengono nutriti da due giorni, a meno che non venga qualcuno a farlo. Ma comunque, casomai non ci fosse nessuno a occuparsene, posso farlo io e aiutarti in casa e col bambino, quando ne avrai bisogno. Quindi non ti preoccupare, vado io a controllare tutto, do da mangiare agli animali e poi mi metto alla ricerca di un tosaerba. Se non comincio oggi, lo farò domattina."

Una lacrima rigò il viso di Lorna. "Sei sicuro? Non so davvero cos'altro fare. Il tipo che dava loro da mangiare ha trovato un altro lavoro, me l'ha detto l'avvocato. Fortunatamente c'è l'erba, quindi sono riusciti comunque a mangiare, e c'è l'acqua, ma probabilmente avranno bisogno d'altro. Io non so niente di mucche e cavalli."

Dallas era pronto, e stranamente elettrizzato. "Mi occupo io di loro, e tu non dovrai pagarmi niente, mi offro volontario."

"Ma posso pagarti."

"No, lo faccio da amico."

Lorna distolse lo sguardo e disse una rapida preghiera di ringraziamento per il fatto che quell'uomo fosse riuscito a salvarla sulla spiaggia quando ne aveva avuto tanto bisogno, e che a quel punto avrebbe continuato ad aiutarla.

CAPITOLO SETTE

Alice fissò il gazebo e si sentì colma di grande gioia. Seth ci aveva azzeccato. "È assolutamente splendido."

"Sono contento che sia venuto come desideravi." L'uomo era in cima alla scala mentre finiva di aggiungere un pezzo di legno nell'angolo.

"Sono colpita, sei stato velocissimo."

"Tre giorni… Non male. Domani metteremo le tegole."

Alice non poteva ancora credere quanto fosse stato veloce. "Be', è quasi arrivata l'ora di staccare. Vuoi venire a prendere un caffè o un dolce?"

Il costruttore scese dalla scala. "Stavo pensando che magari potresti venire a cena con me."

"A cena…" Alice aveva lavorato con Lisa per gran parte del pomeriggio, a mettere a punto il menù, e a dire il vero aveva tanta voglia di uscire di casa. Ovviamente, con lui sarebbe stato speciale. "Va bene, dove andiamo?"

"Stavo pensando che, se ci avviassimo ora, avremmo ancora la luce del giorno. Possiamo prendere del cibo da asporto e mangiarlo sulla barca."

Alice amava uscire sull'oceano con lui. "Perfetto."

"Benissimo, allora partiamo. Tu intanto pensa a cosa ti andrebbe di mangiare, così passiamo a prenderlo e andiamo dritti al molo."

Mezz'ora dopo erano sull'imbarcazione. Alice guardava Seth timonare. Il vento gli scompigliava i capelli sale e pepe. Era proprio bello.

Seth le lanciò un'occhiata. "Mi fa piacere che tu sia venuta."

"Mi fa piacere che tu mi abbia invitata. È stata una settimana particolare, vero? Voglio dire, stiamo apportando gli ultimi ritocchi per aprire la locanda. Tu finirai il gazebo, poi orneranno il giardino attorno e saremo pronti per aprire. Per di più, Dallas è diventato l'aiutante di quella ragazza splendida. È lì con lei, ad assicurarsi che abbia tutto ciò che le serve."

"È una settimana *molto* particolare, soprattutto considerando la situazione di Dallas."

"È vero. Non è andato nel dettaglio, ma mi ha detto che lei non ha bisogno di niente, dato che ha un ranch e un profitto. Si era appena trasferita nella casa che le ha lasciato il padre del bambino, ma aveva bisogno di aiuto, quindi va a darle una mano. Credo sia un bene per Dallas, perché se è lì a occuparsi di altre faccende e si concentra sull'aiutarla, avrà la testa impegnata e non penserà all'infortunio. Forse gli farà bene ad abituarsi a non competere. Sono solo curiosa di vedere cosa succederà."

"Anch'io credo sia una circostanza interessante," commentò Seth. "Dallas è proprio un bravo ragazzo per come la sta aiutando. È un ranch bello grosso. "

"Lo so. Non ne avevo idea, finché lui non me ne ha parlato. Il padre del bambino aveva i cavalli e il bestiame, ma il maggior introito proveniva da un aggeggio per una macchina che ha inventato."

"È molto interessante."

"Davvero, sono contento che Dallas la stia aiutando." Si erano allontanati parecchio, e riuscivano a vedere la costa in lontananza e altra gente in barca che si godeva la serata. Alice esaminò Seth, dopodiché fece un respiro profondo e si rilassò. "Tra una settimana aprirò il ristorante e il B&B. Mi vengono i brividi solo a pensarci."

Seth rallentò la barca fino a farla fermare. Erano entrambi seduti, ma non molto lontani l'uno dall'altra. Lui girò il sedile verso Alice e sorrise. "Questo è uno dei motivi per cui ti ho invitata a mangiare qui con me, oggi. Volevo sapere come la stessi affrontando. Entro questa settimana finirò il padiglione. Sarà strano, ma voglio aiutarti in qualsiasi cosa tu abbia bisogno. Sono emozionato per te e verrò all'inaugurazione. Ho l'impressione che sarà una serata memorabile."

"Faccio ancora fatica a credere di essere qui. Mi vengono i lucciconi a pensare a tutto ciò che ho superato, ma sto prendendo distanza dal passato. Mi sto buttando tutto alle spalle. So che l'ho detto tante volte, ma William sarebbe fiero di vedermi voltare pagina. Sarà una serata splendida. Ci saranno tutti i ragazzi, gli amici e chiunque voglia venire, tanto è un evento aperto. Preparerò anche gli inviti cartacei. Il catering sarà pazzesco. Spero sia una bella serata e sono contenta che ci sarai."

Seth allungò la mano e prese quella di Alice. "Mi fa piacere che tu mi abbia invitato, e di aver contribuito a rendere tutto ciò realtà. Ma più di tutto, sono contento di averti conosciuta. Avrai un successo stratosferico."

Alice sorrise dolcemente. "Mi sa che dovrò crederti."

Il costruttore rise sotto i baffi. "Saggia decisione, ora prendiamo quella busta e mangiamo."

"Mi sembra un'ottima idea. Spero che ogni tanto potrò venire ancora in barca con te, anche dopo che avrai finito di lavorare per me."

Seth mise l'altra mano su quella di Alice e la guardò negli occhi. "Mi fa piacere sentirtelo dire perché sì, voglio continuare le nostre uscite in barca, e voglio continuare a vederti."

"Anch'io. So che cercare di riprendermi la mia vita è un processo lento, ma mi piace davvero stare con te."

"Era proprio quello che volevo sentire. Ora mangiamo."

* * *

La mattina dopo il ritorno a casa dall'ospedale, Lorna si muoveva lentamente, ma era già qualcosa. Aveva lo sguardo fisso fuori dalla finestra e guardava Dallas tosare l'erba nel prato sul retro… Faceva ancora fatica a pensare di vivere in quella casa. Dallas era straordinario. Lei sapeva di doverci andare con i piedi di piombo, data la forte simpatia che provava nei confronti di quell'uomo. Non era solo una questione di gratitudine; doveva anche stare attenta che qui sentimenti non la confondessero.

Lui aveva passato la notte nella stanza di fronte a quella di Landon. Appena la sentiva alzarsi, andava a controllare lei e il bambino, e Lorna pensava, o comunque aveva la sensazione che l'avesse fatto anche mentre lei dormiva. Dallas si era offerto di rimanere perché lei non aveva nessuno ed era la prima notte, così aveva accettato volentieri. Quando si era svegliata, quella mattina, lui aveva già fatto colazione. Le aveva detto di rimanere a letto tutto il tempo che voleva e che si sarebbe occupato lui di tutto, anche del pranzo e della cena. Le dispiaceva ammetterlo, ma quel giorno si sentiva molto dolorante e non sapeva se fosse comune a tutte le madri. In ogni caso, ci sarebbe andata piano.

In quel momento, mentre si riempiva il bicchiere d'acqua e lo fissava fuori dalla finestra, disse una preghierina di gratitudine. Dallas era una persona meravigliosa. Lorna chiuse il rubinetto, tornò alla poltrona in salotto e appoggiò il bicchiere sul tavolino accanto. La donna sprofondò nella poltrona e si tirò la coperta sulle gambe, fino al fianco. Prese il bicchiere e bevve un lungo sorso. Stava allattando ed era determinata a rimanere idratata. Dopo aver finito una poppata, fece il carico d'acqua. Mise giù il bicchiere e appoggiò la testa all'indietro, chiuse gli occhi e si rilassò un po'. Per quanto fosse folle, continuava a pensare a Dallas.

Dallas. Continuava a dirsi di non esagerare, ma in quel momento il cervello andava per conto suo, pensava al bell'uomo che era stato un salvatore per lei.

Qualche istante dopo sentì la porta aprirsi. Lorna spalancò gli occhi e vide il cowboy entrare in cucina.

Lui alzò la mano, la salutò e andò al lavello. Aprì il rubinetto, prese il sapone, se ne spruzzo un po' sulle mani e cominciò a lavarsele.

"Come stai? Ti va di mangiare qualcosa?" le chiese con lo sguardo fisso su di lei.

Il battito di Lorna accelerò. "Sto molto bene. Stamattina mi sono rifocillata con quella meravigliosa colazione e credo abbia fatto un miracolo."

Dallas rise. "Be', allora vediamo se il pranzo ti farà lo stesso effetto. Anche se sarà un altro di quei panini."

"Non ti preoccupare. Va bene."

Dallas chiuse il rubinetto, prese un asciugamano e si asciugò le mani. "Dopo pranzo vado al negozio. Prima però finisco il resto del prato. Ci sarà ancora un bel po' da tosare, ma la spesa è più importante. Vado a prendere del cibo, così avrai tutta l'energia necessaria. Poi pensavo che, quando avremo finito di mangiare e tornerò a occuparmi del giardino sul retro, potresti scrivermi una lista. Tieni presente che devi recuperare le forze. Pensa a tutti i cibi da comprare che potrebbero aiutarti. Io so cucinare sulla griglia e in padella. Darò un'occhiata alla lista e se mi verrà in mente qualcos'altro quando sarò lì, lo prenderò. Scrivi tutto ciò che ti viene in mente, e se non hai soldi, faccio io."

Lorna rimase assolutamente sbalordita; si era offerto di prendersi cura di lei anche economicamente.

"No, Lewis mi ha lasciato del denaro, sono a posto. Ma grazie per l'offerta. È gentile da parte tua. Sei fantastico. Non so proprio cosa farei, se tu non fossi qui."

"In realtà sono io quello grato. La mia spalla è in condizioni disastrose, e se non fossi qui, sarei a poltrire, triste perché non sono al rodeo e consapevole di dover affrontare un cambiamento nella mia vita. Stare qui ad aiutarti mi fa davvero bene… Quindi non ti sentire in colpa, va bene? Ciò che è successo è davvero folle, ma sono semplicemente grato di esserci stato ad aiutarti allora, e di esserci anche adesso."

Dallas era assolutamente serio. Si vedeva dall'espressione che aveva in viso. Una delle ragioni per cui le piaceva davvero tanto. "Grazie. Grazie mille."

CAPITOLO OTTO

La domenica pomeriggio, Alice caricò in macchina lo stufato e un regalo che aveva comprato il giorno prima per il bambino, poi si recò al ranch in cui viveva Lorna. Era molto fiera del figlio. Dallas stava dando una mano a quella ragazza, e la madre del cowboy ne era felice. Lui ne aveva bisogno tanto quanto Lorna. Alice era contenta di aver fatto un passo indietro.

Era emozionata di rivedere la neomamma e il bambino, e di scoprire come se la stavano passando i due ragazzi. Sapevano che Alice stava arrivando e lei sperava di non rovinare loro nessun programma. Aveva parcheggiato la macchina sul vialetto che conduceva direttamente alla casa. Il ranch era notevole.

Gli aveva dato un'occhiata rapida su internet e aveva scoperto che il padre del bambino era morto di cancro. Dallas le aveva detto che si era trattato di una malattia a decorso rapido. Stava già per morire quando aveva conosciuto Lorna. Era andato a Houston per una vendita di cavalli. Ovviamente si erano piaciuti subito e lei era rimasta incinta. Quando lui era tornato a casa, non avevano continuato a vedersi, ma Lorna l'aveva chiamato per informarlo della gravidanza. Il mandriano era rimasto sconvolto e le aveva confessato che non gli rimaneva molto da vivere. Alice non conosceva tutti i dettagli, ma sapeva che lui le aveva lasciato il ranch e dei soldi. Aveva provveduto a lei e al bambino. La locandiera si sentiva ancora colpita da tutta quella storia.

Raggiunse la casa, parcheggio l'auto e uscì fuori. Fissò la grande abitazione simile a una fattoria. Era distribuita su un solo piano, con delle grandi finestre e tanto legno. *Stupenda.* Allungò il braccio sul sedile posteriore e tirò fuori lo stufato e il regalo, poi si incamminò verso la porta d'ingresso e suonò il campanello.

Qualche attimo dopo, Dallas andò ad aprire. "Mamma, che bello vederti, entra." Spalancò la porta e la abbracciò, poi fece segno verso il corridoio da cui Alice intravide un bellissimo salotto.

"Sono contenta di vedere te, Lorna e il bambino, e di essere venuta a vedere il posto."

"A dirti la verità, Lorna è molto emozionata per la tua visita. Ha portato il bambino in salotto per fartelo conoscere." Le tolse lo stufato dalle mani e chiuse la porta, poi attraversarono il corridoio.

La casa aveva uno stile mascolino ma era bella, e quando entrarono in salotto, vide Lorna su una poltrona beige con un poggiapiedi. Sembrava stare molto comoda e Alice aveva la sensazione che ci passasse molto tempo.

"Signora McIntyre, entri e si metta comoda." Lorna puntò alla poltrona accanto. "Le faccio tenere Landon."

Alice attraversò la stanza rapidamente e sprofondò nella poltrona che era a circa mezzo metro da quella della ragazza. Sembrava fosse stata spostata più vicina appositamente per lei. "Ma quale signora McIntyre, diamoci del tu! Non sai quanto sono contenta di vedere che state tutti bene. Questo dolce bambino è adorabile."

"Grazie." Lorna lanciò uno sguardo a Dallas dall'altra parte della stanza. Era diretto in cucina. Poi tornò a guardare Alice. "Non ce l'avrei fatta senza tuo figlio. È stato meraviglioso. Non avevo nessuno. Volevo assumere qualcuno che mi aiutasse, ma mancavano due settimane e non ci avevo ancora pensato."

Alice allungò la mano e accarezzò il braccio di Lorna. "È il destino a scegliere per noi. Non sempre siamo soddisfatti di come vanno le cose, ma a volte il risultato ci rende molto felici; e mi sembra sia proprio questo il caso. Avevi bisogno di qualcuno che si prendesse cura di te, di questo bellissimo bambino e di questo posto meraviglioso. Il mio caro figlio… So che non avrà detto niente, ma lui ha bisogno di stare qui per via della spalla. Avrà molte decisioni da prendere, e al momento è proprio qui che dovrebbe stare. Io non lo so per certo, ma a volte la vita si rimette in carreggiata da sola.”

“È vero. Ora vuoi prendere in braccio questo piccolino?”

“Eccome. È da un po’ che vorrei un nipote tutto mio, solo che non si è ancora sposato nessuno, quindi non ce l’ho. Che emozione avere tra le braccia questo fagottino.”

Alice accolse il bambino mentre Lorna glielo passava, e lo strinse a sé. Lei gli sorrise, era bellissimo. Stava dormendo, ma aprì gli occhi e la guardò, poi li richiuse. “È adorabile. Mi è sempre piaciuto tenere in braccio i neonati. Spero non ti dispiaccia se vengo qui, di tanto in tanto. A dir la verità, tra un po’ aprirò il ristorante e il B&B, ma non lavorerò tutti i giorni. Ho assunto un sacco di persone, quindi se mai avessi bisogno o ti piacerebbe prenderti del tempo per te e lasciare che se ne occupi qualcun altro, sarei ben felice di darti una mano.”

Alice guardò il viso scioccato della ragazza. Quella giovane donna era sola; chiaramente era stato difficile lasciare il posto in cui viveva per trasferirsi in una città del tutto nuova.

"Non so cosa dire… Grazie."

"Non ti stupire tanto. Sono davvero contenta di averti incontrata, e d'ora in poi ti considero un'amica. Spero che anche per te sia lo stesso."

"Sì, mi farebbe comodo un'amica," disse Lorna in tono commosso.

Alice cullò il bambino. "Posso già dirti che ci saranno altre persone che vorranno fare amicizia con te. Una è Lisa, la donna che ha aiutato a preparare il letto. Sarebbe voluta venire, ma è nel panico per l'inaugurazione di venerdì e l'apertura ufficiale di sabato, quindi non è venuta; ma verrà, e ci sarà anche altra gente."

"Spero riesca a finire tutto. Si impegna tanto, a quanto pare."

"Sì, ce la farà. È solo che è una perfezionista, ed è la migliore in cucina. Non so se hai già voglia di uscire, ma sei la benvenuta all'inaugurazione. Dallas verrà, se ti va di aggiungerti a lui, non c'è nessun problema. So che sarai sicuramente preoccupata per il bambino, quindi devi solo decidere se te la senti di farlo uscire."

Il cowboy tornò nella stanza e prese posto sul divano, appoggiando i gomiti sulle ginocchia. "Mi farebbe piacere andarci con te, se ne hai voglia, ma so che dipende dal bambino e da come ti sentirai."

"Che bello. Mi piacerebbe vedere il B&B. Mi sento forte ogni giorno di più, è passata quasi una settimana, ormai. Tuttavia, non credo che il bambino sia pronto per uscire. Stavolta passo. Magari quando Landon sarà un po' più cresciuto, potrei venire. Ho l'impressione che sia un posto bellissimo."

"Va bene," disse Alice. "È sempre aperto. Fammi sapere, così pranziamo insieme, ti faccio fare un giro della locanda e potremmo passeggiare sulla spiaggia, oppure no, se non ti va."

"Sì, credo che per stavolta rimanderò la passeggiata sulla spiaggia." Lorna sogghignò.

* * *

Il venerdì, qualche minuto prima dell'evento, Alice era soddisfatta dell'aspetto della locanda. Era incantevole. Il patio e i giardini erano straordinariamente belli. Avevano disposto dei tavoli, su cui c'erano le prelibatezze che avevano preparato Lisa e gli aiutanti. Lo staff sembrava felice e lei era soddisfatta di ogni singolo dipendente; ed era ancora più elettrizzata nel vederli lì. Sapeva che sarebbero stati fantastici nell'accoglienza degli ospiti.

Quella sera il padiglione era semplicemente

perfetto. Negli anni a venire avrebbe ospitato degli eventi speciali, sarebbe stato testimone di momenti bellissimi. La band che aveva ingaggiato si era sistemata e avrebbe suonato tutta la sera. Gli ospiti avrebbero anche potuto ballare. La sala dentro era mozzafiato. L'avevano organizzata in modo che la gente potesse mangiare dopo aver sbocconcellato le pietanze servite in giardino. Successivamente l'avrebbero usato per intrattenersi e divertirsi, quando il ristorante avrebbe aperto e ospitato un bel po' di persone. Inoltre, con il patio esterno, ne avrebbe contenute anche di più. Alice amava quel posto, così come Lisa.

Controllò l'orologio e fece un respiro profondo. Sapeva che Lisa e gli aiutanti erano occupati negli ultimi preparativi in cucina, e anche fuori, a sistemare il cibo. Erano tutti indaffarati. Sarebbe stata una serata grandiosa. Sentì bussare alla porta sul retro. Si voltò e vide Seth. Il cuore di Alice fece le capriole. Era felicissima di vederlo. Accorse alla porta, la aprì e si buttò tra le braccia dell'uomo. Fu il gesto più naturale del mondo. Alzò lo sguardo verso di lui, contenta di essere avvolta dalle braccia del costruttore, che la stringeva a sé. Lui la stava sicuramente incoraggiando, ma in quel momento Alice ebbe la certezza che il sentimento che provava per quell'uomo si era intensificato.

"Che bello vederti."

Seth sogghignò. "Io invece sono emozionato. A quanto pare sono arrivato abbastanza in anticipo per starti vicino e farti forza prima che arrivino tutti. Scusa ma dovevo dirlo." L'uomo aveva lo sguardo fisso su di lei e Alice gli diede una pacca sulla schiena.

"Avevo davvero bisogno di te, qui. Hanno tutti un aspetto magnifico e sono elettrizzata, ma ho i nervi a fior di pelle. Solo tu puoi aiutarmi a ritrovare la calma."

Seth le scoccò un bacio in fronte. "Farò di tutto per farti sentire meglio. Sei bellissima, come questo posto del resto." L'uomo le strinse forte la mano. Con un braccio dietro la schiena, la fece girare per guardare insieme il meraviglioso giardino con l'oceano sullo sfondo. "È fantastico, Alice, semplicemente stupendo. Si divertiranno tutti. Il gruppo musicale si sta preparando. Sarà divertente, e se mai decidessi di voler ballare, sarò il tuo cavaliere. So che sarai impegnata, ma volevo dirti che sono disponibile casomai ti andasse di fare una giravolta."

"Chi lo sa… Magari finirò per accettare la tua proposta. La gente passerà proprio una bella serata. L'interno della casa è meraviglioso. Chi lo desidera può fare un tour con le ragazze dell'accoglienza, o anche dare un'occhiata in giro per conto proprio. Gli aiutanti si assicureranno che nessuno metta in disordine i letti o faccia pazzie del genere… Sai cosa intendo." Alice alzò gli occhi al cielo e si corrucciò in modo ironico.

Seth rise. "Non ci avevo pensato, ma potresti avere ragione. Qualche coppia potrebbe decidere di testare i letti."

Alice stava dicendo sciocchezze, ed era una bella sensazione. Si sentiva più rilassata. "Be', c'è sempre la probabilità che qualcuno ci provi, ma ne dubito. Comunque, non si sa mai."

L'uomo rise di nuovo e le strinse la spalla. "Be', pensiamo positivo. Allora, posso aiutarti in qualcosa?"

"Certo. Credo che si riempirà presto, quindi puoi semplicemente aiutarmi ad accogliere la gente e, se qualcuno non sa dove andare, puoi dargli indicazioni. Io farò presente a tutti che tu hai fatto gran parte delle ristrutturazioni e che sei disponibile per eventuali lavori."

"Va bene. Non sono venuto per quello, ma dei nuovi clienti fanno sempre comodo."

"Be', sai, sei dedito, talentuoso e un grande lavoratore, quindi non c'è niente di male a vantarsi un po'. Spero otterrai dei clienti stasera."

"Grazie, e spero che qualsiasi cosa abbia fatto per aiutare a far splendere questo posto possa far guadagnare a *te* dei clienti."

I due si scambiarono un sorriso, poi sentirono il

campanello suonare.

"Oh-oh, il campanello. Il primo ospite." Seth afferrò la donna e si voltarono insieme verso la porta. "Vai tu?"

Alice aveva il cuore a mille e scosse la testa mentre sentiva la voce della ragazza incaricata di accogliere la gente alla porta.

"Per evitare di stare alla porta tutta la sera, ho deciso che accoglierò la gente da qui."

"Non fa una piega."

Jackson e Nina attraversarono la porta e andarono verso di loro. Entrambi abbracciarono Alice, poi la ragazza fece lo stesso con Seth, mentre Jackson gli strinse la mano e gli diede una pacca sulla spalla.

"Questo posto è bellissimo e spettacolare," commentò Nina chiaramente colpita.

"Sì, e sarà una serata pazzesca," aggiunse Jackson.

"Stanno arrivando un sacco di persone. La gente ne parla da una settimana," disse la ragazza.

"Lo spero. Sono tanto felice di vedervi."

"Ehi, siamo qui," disse Riley mentre si avvicinava alla madre con un gran sorriso sul viso. Le buttò le braccia al collo e la abbracciò, poi si fece da parte e Tucker, che era con lui, fece lo stesso.

"Ci sarà da divertirsi," continuò il figlio. "E vedo tanto buon cibo, quindi vuol dire che c'è Lisa. Quella donna cucina benissimo! Non vedevo l'ora di venire solo per i suoi piatti."

Tutti risero e Alice gli diede una pacca sul petto. "Be', tu sei una buona forchetta, quindi mi farai sapere cosa ne pensi dopo che avrai provato tutto. Sarebbe molto d'aiuto."

Riley rise. "Mi farebbe piacere, mamma. Mi piace aiutarti."

"Io mi aggiungo a lui," rise Tucker. "Che spettacolo, mamma."

"Grazie," rispose lei con un sorriso ancora più grande. "Ora divertitevi e se vedete qualcuno che ha bisogno di aiuto per trovare la strada, indicategli la giusta direzione. Mi fareste un grande piacere." Alice era strafelice di vedere la famiglia. C'erano tutti tranne Dallas.

"È fenomenale, mamma," esordì lui con un tempismo perfetto mentre entrava dal cancello del giardino.

Lei si mise a correre e lo abbracciò. "Sei riuscito a venire! Sì, e grazie. Sono molto contenta. Come sta Lorna?"

"Bene. Questa settimana ha fatto tanti progressi. Ha detto di farti gli auguri. Voleva venire, ma non era pronta a portare il bambino in mezzo a tante persone o trovare qualcuno che si occupasse di lui. Non la biasimo, ma grazie per averla invitata."

Alice era contenta di aver esteso l'invito anche a lei e sperava di farla sentire accolta. "Capisco. Sono contentissima che stia meglio. È un bene che ci sia tu con lei."

"Grazie, a me fa piacere aiutarla."

Stava arrivando altra gente. Alice sospirò e, con un sorriso stampato sul volto, guardò tutti loro. "Va bene, famiglia, voi andate a divertirvi e io vado ad accogliere altre persone. Vi voglio bene."

Così la serata cominciò.

Si presentarono un sacco di persone. Dopo essersi assicurata che in cucina fosse tutto a posto, Lisa uscì e si unì ad Alice nell'accoglienza degli ospiti. Era evidente che avesse assunto una buona squadra. Infatti, ebbe anche del tempo libero per salutare la gente, che voleva vedere sia lei che Alice.

"Ehi, sono contenta che ti sia unita a me." L'amica la abbracciò.

"Mi fa piacere. Mi sa che sarà una serata impegnativa. Il futuro di questo posto è promettente," commentò Lisa.

"Sì, e Lisa, mi fa davvero piacere che lo stiamo facendo insieme."

L'amica la avvolse con un braccio. "Tu non hai idea di quanto sia felice di essere qui. Sarà entusiasmante.

Non sto nella pelle, lo desidero con tutta me stessa."

"Anch'io. Ricominciare da zero è emozionante. Sono troppo contenta di aver preso questa decisione. È come se William mi avesse guidata fin qui, e so che stasera è felice per me."

"Concordo pienamente."

Alice si guardò attorno nel giardino, dove tutti chiacchieravano. C'era anche della gente che ballava. Con lo sguardo colse Seth parlare con Dallas. Era davvero felice che ci fosse anche lui. L'uomo incontrò lo sguardo di Alice e sorrise, alzando un bicchiere alla salute della padrona di casa. Il cuore della donna batteva sempre più veloce mentre lui le sorrideva, e Alice seppe che, per tanti versi, sarebbe stato un nuovo inizio grandioso, non solo per il B&B.

CAPITOLO NOVE

Nina era super emozionata per Alice e Lisa. "Che serata straordinaria, sono felicissima per tua madre e Lisa," disse appoggiandosi a Jackson.

"Anch'io, e sai, ci ho riflettuto e ho pensato che trovare una data del matrimonio inizia a sembrare il compito più arduo del mondo, ma la troveremo. Tuttavia, trovare la location non sarà altrettanto difficile. Questo sarebbe un posto meraviglioso per un matrimonio. Solo che non so quanta gente vuoi invitare, quindi lo spazio potrebbe non essere sufficiente."

Nina lo avvolse in un abbraccio e cominciò a volteggiare come se fossero sulla pista da ballo. Sorrise e si appoggiò a lui, guardandolo negli occhi. Era felicissimo. "Credo sia un posto favoloso, ma non vuoi sposarti al ranch?"

Il cowboy le diede un bacio al volo. "Abbiamo un bel giardino lì, ma io lo voglio solo se lo desideri anche tu.”

“Secondo me dovremmo farlo lì.”

“Fare cosa?” chiese Riley avvicinandosi a loro.

I due smisero di ondeggiare e la ragazza gli sorrise. “Stiamo parlando del matrimonio. Abbiamo deciso che si farà al ranch.”

Riley sorrise. “È un’idea fantastica. Quello è il posto perfetto, possiamo allestire un tendone come faceva papà per le promozioni di bestiame, mi piace!”

“Allora è fatta.” Jackson baciò di nuovo Nina.

La ragazza era emozionata che fossero arrivati a un accordo. Mancava solo la data… Lanciò uno sguardo a Riley. Il fidanzato le aveva detto che, durante il weekend, era andato in campeggio. “Come te la sei passata questo fine settimana?”

Jackson inclinò la testa. “Sì, com’è andata?”

“Be’, bene. Sono andato un po’ in giro a sistemare vari problemi che sorgono quando hai più di cinquanta campeggiatrici, tutte donne. Sono stato indaffarato, ma sono riuscito a vedere molto. Pescano, si fanno trattamenti al viso, massaggi, e c’era anche la vasca idromassaggio. Di notte facevano degli studi sulla luna e le stelle, e sembravano divertirsi un mondo. Tutte le sere organizzavano dei ritrovi e dei balli divertenti. C’era un bel gruppo di donne che ballava al ritmo di una musica spassosa… insomma, facevano baldoria insieme. Hanno preso parte a parecchie attività."

"Pare proprio di sì," commentò Nina. "Qual è stata la tua preferita?"

Riley rise. "Era tutta roba da donne e c'erano massaggi di ogni genere. In realtà non avrei dovuto vederli. Li facevano dietro un grande steccato provvisorio di legno. Si ricoprivano di fango e poi si sdraiavano al sole per farlo asciugare. Non tutte lo facevano, ma è stato molto interessante."

"Immagino." Jackson sogghignò. "Ma se non avresti dovuto vederle, come hai fatto?"

"Be', io ero il tuttofare. Uno dei motori della cisterna si era bloccato, quindi sono andato dietro le tende usate per dare privacy alle campeggiatrici nella zona massaggi. Anche se erano tutte coperte mentre lavoravo, c'erano un paio di donne ricoperte solo di fango e… che pensavano bastasse a nasconderle."

Tutti risero.

"Sì, in ogni caso dovrò condurre ulteriori indagini. Penso solo che riusciremmo a portare avanti un campeggio, o perlomeno io, dato che nessun altro è interessato. Ormai sono in fissa. Secondo me sarà un gran successo. Ovviamente non sarà sempre e solo un luogo di ritrovo per donne. Potrebbe essere un normale campeggio, e questa sarà solo… un'aggiunta, diciamo, una volta al mese. Non lo so. Io lo trovo estremamente interessante, e piace a tante donne."

"Secondo me è una figata," aggiunse Nina. "Io sto pensando alla ragazza… Quella che hai incontrato alla pompa di benzina che stava tornando da una di queste strutture, quella che ti piace. C'era?"

Riley sembrava deluso. "No, non so se la rivedrò mai, ma il solo fatto di incontrarla ha suscitato il mio interesse in questo affare, quindi ho pensato che se lo farò, forse a un certo punto la rincontrerò." Sorrise. "So che è un'idea folle, ma è più forte di me."

Jackson si limitò a rivolgergli un sorriso. "Ehi, non si sa mai. Quando è destino, è destino. Io ho incontrato lei girando un angolo perché la sua bella cagnolina non voleva stare a casa. È bastata questa piccolezza. Quindi apri quel campeggio e magari lei ci verrà. Potrebbe nascere una storia, e poi forse vi sposerete."

"Concordo." Nina gli diede un bacio sulla guancia.

Riley rise. "Sì, non si sa mai, ma comunque ci sto ancora pensando seriamente, quindi preparatevi."

"Potrebbe essere un grande successo, Riley. Guarda cos'ha fatto mamma," disse Jackson. "Ciò che ha fatto Lisa. Guarda tutte queste persone qui, stasera. Se la stanno spassando. Pensa alla gente che verrà e starà per il weekend o per tutta la settimana, anche solo per mangiare in quel ristorante fighissimo. È un posto stupefacente. Lisa… Mamma mia, quella donna sa il fatto suo in cucina.”

“Puoi dirlo forte,” convenne Nina. “Se la caveranno alla grande, e conoscerle è stata una benedizione che mi ha portato a te. Sono tanto grata di averle incontrate. Sarà un po’ strano quando mi trasferirò al ranch e non potrò più andare nella casa accanto a prendere un caffè e mangiare prelibatezze con loro.”

“Scommetto che ci verrai spesso,” disse Jackson. “Il ranch è in aperta campagna e non avrai molti amici lì, quindi so già che vorranno che tu faccia loro visita.”

“Quanti mesi ci vogliono prima che decidiate la data?” chiese di nuovo Riley.

Nina sorrise. “Stiamo ancora cercando di decidere. Siamo indecisi se farlo prima, quando l’aria è un po’ più fresca, o aspettare la primavera. Se lo facessimo entro sei settimane, il clima sarebbe ancora caldo.” La ragazza sorrise al futuro marito.

Il fratello li guardò. “Perché no?”

Jackson sogghignò. “Non so perché, ma ho la sensazione che, se riusciamo a scegliere una data, la cerimonia la terremo tra circa sei settimane.”

Nina sorrise. Sapeva di volerlo. “Speriamo di sì. In caso contrario, noi vi invitiamo e chi c’è c’è.” Forse era egoista a pensarla in tal modo, ma in quel momento, con lo sguardo rivolto all’uomo che avrebbe sposato, era così che si sentiva.

CAPITOLO DIECI

"**P**ronta?" chiese Dallas a Lorna. Era passato qualche giorno dall'apertura della locanda. La neomamma si era rimessa in sesto e il bambino stava benissimo. In quel momento lo teneva in braccio il mandriano. Andava pazzo per quel piccolino. Landon gli rivolse un grande sorriso, e Dallas fece lo stesso.

"Non mi meraviglio che tu gli piaccia, sei fantastico con lui."

L'uomo alzò lo sguardo e sorrise a Lorna. "Io credo che gli piacciano tutti. Non che abbia visto tante persone, ma quando succederà, diventerà un distributore automatico di sorrisi. Comunque, sei pronta per il nostro piccolo tour del ranch?"

"Sì, ci siamo ibernati abbastanza, sono pronta per fare un giro. Così magari puoi spiegarmi tutto. Sono ancora molto confusa."

"Lo so, e devo dirti che è un posto pazzesco. Voglio

dire, ho parlato con un tipo al negozio di mangimi, l'altro giorno, ha detto che Lewis era preoccupato per questo posto. Nel testamento aveva già indicato che sarebbe stato venduto e avrebbero devoluto i soldi a non so quale ente. Poi sei arrivata tu, ed è stato un bene. Insomma, mi dispiace che lui sia morto, ma alla fine è andato tutto per il meglio per te e il bambino; e ho la netta sensazione che lui fosse contento di avere qualcuno di speciale a cui lasciare tutto questo. Non ho visto i tuoi libri contabili, ma da quanto mi hai detto, sei sistemata a vita, e sicuramente Lewis è stato felice di lasciarlo a qualcuno."

Lorna sospirò. "Lo spero. Comunque è vero; ha fatto un sacco di soldi per quell'aggeggio che ha inventato e li ha investiti, altri guadagni che si sommano al ricavato del ranch. Insomma, vale un bel po' ed è in crescita. Inoltre, il ranch è un bel posto in cui vivere. Andiamo a dargli un'occhiata, così mi spieghi il resto. Ho proprio voglia di uscire di casa, e anche Landon."

I due si avvicinarono al pick-up. Dallas mantenne l'impugnatura del seggiolino con una mano, e con l'altra aprì la portiera per Lorna. Dopodiché, le sorresse i gomiti per aiutarla a salire sull'auto e lei ci riuscì senza problemi.

"Sei stata bravissima," disse lui tenendo ancora la portiera aperta dopo che la ragazza si era seduta.

Lei guardò l'uomo e sorrise. "Sono molto contenta. Mi sembra di essere di nuovo me stessa. Mi sono pesata stamattina e sono tornata al peso di prima, anche se non nei punti giusti. Ne ho perso in alcune parti e l'ho preso in altre."

Dallas la guardò con un sopracciglio alzato. "Be', non mi sembrava avessi preso dei chili."

"In realtà ho preso nove chili, ma col parto sono dimagrita solo di tre chili e mezzo. Il resto è andato via da solo, forse per via dell'allattamento."

"Probabilmente è così. Te la stai cavando bene, e ti stai rimettendo in forze, è fantastico." Il cowboy sorrise, poi chiuse la portiera, aggirò l'auto e allacciò il trasportino al sedile. Chiuse anche quella portiera e si sedette al posto del guidatore. Si era goduto ogni singolo giorno passato lì con Lorna. Adorava quella ragazza.

Guidò lungo la strada del pascolo e attraversò un *cattle guard*, uno dei tanti ponticelli usati per inibire il passaggio del bestiame. "A quel tipo non piaceva proprio scendere dal pick-up e aprire i cancelli. Ci sono ponti dappertutto… È bello."

"Caspita, fantastico," aggiunse lei.

"Sì, invece di fermarsi e aprire i cancelli, ci ha messo questi *cattle guard*, il che è una grande comodità per te. Basta attraversarli, e se hai bisogno di far passare le mucche, puoi aprire il cancello sotto la recinzione."

"Sì, è davvero comodo. Bello, vero?" Lei guardò verso i pascoli, dove c'era il bestiame e anche qualche cavallo.

"Molto. Non solo hai ereditato un ranch ben progettato, ma anche un posto bellissimo. Inoltre, sarebbe proprio ora di assumere degli aiutanti e mettere in vendita quei vitelli. Ho parlato con vari fienili in città e ho scoperto a quale si affidava Lewis. Tra poco ci sarà una vendita. È tra un paio di settimane, quindi volevo chiederti se ti va di partecipare. È un'attività piuttosto comune e l'uomo con cui ho parlato ha detto che Lewis di solito vendeva mucche e vitelli a tutte le aste, perché i suoi animali si accoppiano in periodi diversi."

Lorna osservò il bestiame, poi guardò il mandriano. "Be', puoi farlo tu? Insomma, sarai libero o devo cominciare a cercare qualcuno da assumere?"

Dallas non voleva che prendesse qualcun altro, gli piaceva troppo quello che faceva. "No, ci sono e mi piace aiutarti. Per di più, so come vendere le mucche. Sono cresciuto lavorando in una tenuta enorme, quindi ho partecipato a molte aste di bestiame, prima che arrivasse il miracolo del petrolio. Per anni abbiamo lavorato solo io e i miei fratelli. Mentre partecipavo ai rodei, lavoravo ancora al ranch. Quando è arrivato il petrolio, la nostra vita è cambiata, siamo diventati miliardari."

"Miliardari," disse lei. Sembrava colpita.

"Sì, è difficile da crederci. Successivamente, quando hanno assunto degli altri allevatori, sono diventato un atleta a tempo pieno, ma sono piuttosto sicuro che quell'era sia finita." Dallas rallentò e lanciò uno sguardo agli animali. "Ormai l'ho capito e me ne sto facendo una ragione."

"Ci hai riflettuto, vero?"

Lui fece un respiro profondo e le lanciò uno sguardo. "Sì, so che devo. Non volevo proprio accettarlo, ma non voglio nemmeno arrivare storpio alla vecchiaia; certo, mi sono divertito da morire a gareggiare, ma devo guardare in faccia la realtà, e tu mi hai aiutato tantissimo in questo. La mia spalla è migliorata, da quando sono venuto qui a darti una mano. C'è ancora molta strada da fare, quindi stare qui ad aiutare te e quel piccolino lì dietro è l'ideale."

"Mi fa tanto piacere. Mi dispiace per la spalla, ma non deve diventare per forza una ferita permanente."

"È vero… Ti sono grato. Mi piaceva il rodeo, ma guardo il tuo ranch e penso a ciò che potrei fare per aiutarti a migliorarlo ancor di più. Come per esempio aprirti la strada da queste parti, perché non sai come funziona, nel senso che non ne hai mai avuto uno prima, e a me piace occuparmene, solo che amo anche cavalcare tori."

"Mi dispiacerebbe vederti ferito e impossibilitato a fare ciò che ami, ma ti ho guardato lavorare. Sì, a volte ti guardo dalla finestra, ed è chiaro che tu ti diverti a darti da fare in giardino, con i cavalli e a controllare il bestiame."

"Sì, è più forte di me."

"Be', allora mentre tu continui a prendere le tue decisioni, mi farebbe piacere se partecipassi all'asta per me. Cercherò di osservare ciò che fai, così quando troverai il lavoro giusto per te, dopo che ti sarai buttato alle spalle il rodeo, potrò provvedere al ranch da sola."

Al pensiero di fare altro, Dallas sentì il cuore stringersi, perché a lui sarebbe piaciuto molto continuare a lavorare lì. Si divertiva un mondo ad aiutare Lorna e il bambino. Aveva goduto di ogni singolo momento accanto a loro, ed era felice di farle conoscere il territorio.

Erano saliti in cima alla collina e, quando scorsero il lago, Dallas frenò, dopodiché le sorrise. "Sapevi di possedere tutta questa bellezza?"

Lorna spalancò la bocca, guardando lo specchio d'acqua di fronte a loro. "Certo che no. È incantevole, e grande."

Il mandriano sorrise. Era compiaciuto. "Non è mastodontico, però sì, è un lago stupendo. Le mucche adorano venire da queste parti, ma piacerà anche a te.

C'è un bel molo per pescare, con una panchina. Andiamo a sederci lì per qualche minuto?"

"Sarebbe bello. Non posso credere di avere uno spettacolo simile nella mia proprietà."

"Be', ti ricordo che non è proprio un ranch piccolino. Certo, non è grande quanto quello della mia famiglia, ma non è da tutti possederne uno di ottantamila ettari. Questa tenuta, con quelli che credo siano circa trentaseimila ettari, è fantastica. È una buona dimensione per allevare il bestiame e i cavalli. Prima ero nell'ufficio del fienile a dare un'occhiata a dei documenti sulla scrivania. Scusa, non sono riuscito a resistere. In ogni caso, Lewis ha allevato dei cavalli e li ha anche venduti. Alcuni li stava addestrando, ma ha anche cresciuto e venduto dei puledri così com'erano. Quindi si stava semplicemente divertendo, e faceva soldi. Potresti farlo anche tu."

"Se mi ci abituo."

"Ce la puoi fare." Dallas parcheggiò il pick-up a qualche metro dalla banchina e uscirono fuori. Prese il seggiolino e Landon sorrise mentre alzava lo sguardo verso l'uomo. "Ehi, bello. Stai per vedere un lago. Un giorno potrai pescarci."

Camminarono verso il molo e il mandriano mise la mano libera sotto il gomito di Lorna, per assicurarsi che non cadesse, considerando il terreno non proprio regolare. Quando arrivarono al pontile in legno, lo attraversarono. La panchina era perfetta per due persone. Il cowboy appoggiò il trasportino a terra, con Landon che li guardava mentre si sedevano.

"Allora, che ne pensi?" Dallas guardò l'espressione colpita di Lorna e sorrise.

"Lo adoro… da morire."

L'uomo sogghignò, perché era ovvio. "Ero sicuro l'avresti detto. È per questo che siamo venuti da questa parte oggi. Saremmo potuti andare dal lato opposto e avrei potuto mostrarti l'altra parte del ranch, ma ho pensato che questo sarebbe stato il tuo posto preferito."

"A quanto pare mi conosci." Lorna gli sorrise.

Dallas non riuscì a trattenersi. Allungò la mano e accarezzò quella della ragazza, appoggiata sulla coscia. "Una volta che avremo sistemato tutto e ti ci sarai abituata, ti divertirai un mondo. Al bambino piacerà crescere qui. È magnifico."

Lorna capovolse la mano sotto quella di Dallas e intrecciò le dita a quelle del mandriano. Poi lo guardò con occhi pieni di commozione. "Mi sento molto fortunata in questo momento."

"Devi. È un posto spettacolare… Darà da vivere a te e al bambino."

Lorna gli strinse la mano. "No, mi sento molto fortunata perché sei arrivato *tu* nella mia vita. Sarà triste quando deciderai di andartene, ma al momento sono super felice."

Lui alzò l'altra mano, le accarezzò la guancia e le sorrise. "Non ti preoccupare, non credo che il nostro incontro sia stato casuale. Le nostre rispettive situazioni ci hanno aiutato tantissimo, quindi non scapperò via alla prima occasione… A meno che non sia tu a cacciarmi." Dallas non riuscì a fermarsi. Fece scorrere le dita sulla mascella della ragazza ed ebbe il forte istinto di baciarla. Poi, però, scostò la mano. Sapeva che così facendo si sarebbe messo nei guai.

Gli occhi del mandriano si addolcirono. "Mi hai appena reso molto felice."

CAPITOLO UNDICI

Alice accompagnò la coppia che aveva fatto il check-in su per le scale e lungo il corridoio, verso la camera Pellicano, dopodiché aprì loro la porta e gli sorrise. "Spero vi piaccia. Prego, entrate, e se avete qualche problema basta alzare la cornetta. Se io non ci sono, giù troverete sicuramente qualcuno che potrà aiutarvi. Il ristorante è aperto per colazione, pranzo e cena." Elencò loro gli orari precisi. "Sono anche indicati sulla scrivania nell'angolo."

"Grazie. È semplicemente bellissima e non vediamo l'ora di passare del tempo qui," disse la donna, e il marito convenne.

"Siete i benvenuti. Grazie per aver scelto la Star Gazer Inn." Alice scese di nuovo le scale. Amava il proprio lavoro. Erano aperti da una settimana e fino a quel momento era andato tutto bene.

Avevano avuto qualche intoppo, ma niente di

importante. Era normale dover fare delle rettifiche durante la settimana di apertura, soprattutto quanto all'impostazione e alla pulizia delle camere. Si era verificato solo qualche piccolo inconveniente e lo avevano risolto facilmente. Quando Alice arrivò al piano terra, attraversò il corridoio in direzione della cucina. Gli aiuto- cuoco stavano cucinando e Alice trovò Lisa nel piccolo ufficio, seduta alla scrivania a rivedere il menù. Non si era presa un attimo di riposo.

"Ehi, come sta andando la giornata?" chiese Lisa.

Alice si sedette di fronte a lei. "Abbastanza bene. Questa settimana è stata divertente. Sono solo venuta a dirti che hai fatto un lavoro eccezionale."

La cuoca le sorrise. "Grazie! Mi sono divertita molto. Direi proprio che abbiamo combinato tutti gli ingredienti del successo. Sono contenta che tu mi abbia chiesto di lavorare per te."

"Sei la mia benedizione. Sono venuta a ricordarti che sabato vado a una mostra d'arte. Sei sicura di non voler venire?"

"Vorrei, ma preferirei stare qui e assicurarmi che vada tutto per il meglio. Capisco perfettamente che tu debba andare, quindi divertiti anche per me. Sono sicura che Nina se la caverà alla grande. Ci sarà anche Jackson con lei e sarà fantastico. Quella ragazza ha un talento immenso. Gli ospiti fanno sempre commenti sui suoi quadri.”

“È proprio vero. Ci siamo organizzati, mi accompagnerà Seth.”

“È una bellissima notizia. Non vi siete visti molto da quando non lavora più qui. Sarà un bene.”

“Sì, è vero. Mi è piaciuto tantissimo preparare la locanda all’apertura e tutto il resto, ma mi manca vederlo tutti i giorni. Sto facendo fatica ad abituarmi. Mi ha scritto e mi ha chiamata, senza esagerare però. Non vuole rubarmi tempo e mandare all’aria l’apertura, ma sento la sua mancanza e so che lui prova lo stesso.”

“Allora, che mi dici di lui?”

“Mi sto rendendo conto che le mie emozioni si ingrandiscono ogni giorno di più.”

Lisa sembrava incoraggiare Alice con un sorriso dolce. “Credo sia meraviglioso. Non voglio tirare di nuovo fuori la questione, ma so che il tuo dolce William sarebbe stato felice per te, e anche i ragazzi. Fanno tutti il tifo per te.”

“Sì, comunque, abbiamo realizzato il nostro sogno e tutte le sere è un successo. Sono colpita dal fatto che il ristorante abbia fatto il pienone, ed è tutto grazie a te. Sei pazzesca. Per di più, il B&B è stato quasi al completo per l’intera settimana. È tutto incredibile.”

“Concordo.”

“Il cielo è stato clemente con noi, a ogni modo,

quando sabato andrò alla mostra con Seth, non mi sentirò in colpa. Non vedo l'ora. La rassegna artistica di Nina sarà grandiosa, me lo sento. Tu invece ti assicurerai che il servizio vada liscio."

Il telefono della reception cominciò a suonare. "Ops, meglio che vada a rispondere. Stamattina tocca a me. Parliamo dopo."

"Grazie per la visita." Lisa sorrise e le fece l'occhiolino. "La situazione potrà solo migliorare, e tu passerai una serata meravigliosa domani."

"Concordo pienamente." Alice si affrettò nel corridoio. Non stava nella pelle per l'indomani.

* * *

Lisa guardò Alice andare via e si sentì tanto felice per lei. Dopodiché tornò a lavorare. Doveva portare a termine tutta la pianificazione. La reazione della gente ai piatti era molto positiva, e la cuoca voleva assicurarsi che continuasse così. Il ristorante era pieno tutte le sere, e anche a pranzo facevano il tutto esaurito. A colazione c'era meno gente, il che le permetteva di concedersi un attimo di respiro, ma il locale era comunque affollato.

Avevano aperto da una settimana e Lisa stava già lavorando troppo. Ne era consapevole, e avrebbe trovato una soluzione. Avrebbe organizzato meglio gli ordini delle forniture, in modo da non passare tanto tempo al telefono.

Uno degli aiuto-cuoco si affacciò alla porta. "Hanno ordinato un'omelette."

"Grazie, arrivo subito." Lisa cucinava e infornava i piatti principali, quindi il tempo in ufficio era limitato. Sapeva che probabilmente avrebbe dovuto assumere altre persone; un altro chef, per esempio. Quando sarebbe arrivato il momento, sperava di trovare la persona giusta.

Qualche attimo dopo stava cuocendo l'omelette con le verdure tagliate in precedenza da Zora, per la preparazione degli ordini mattutini. "Sei stata bravissima con le verdure."

La ragazza dai capelli corti sorrise. "Grazie. Questa settimana è stata fantastica e voglio renderti felice."

"Stai facendo un lavoro fantastico." La cuoca versò il miscuglio dalla ciotola alla griglia, poi si guardò attorno. Aveva Zora e Lilly in qualità di aiuto cuoco: erano entrambe brave. Seguivano gli altri aiutanti, i lavapiatti e i camerieri. Nella stanza erano presenti tutti i dipendenti in turno. "Ehi, volevo solo cogliere questo momento per dirvi che state facendo un lavoro grandioso. Gli ospiti sono soddisfatti e ciò è meraviglioso. Continuate così e grazie."

Mentre Lisa girava l'omelette e sorrideva, ci fu un

brusio generale di ringraziamenti. Stava vivendo un sogno.

* * *

Nina aveva i nervi a fior di pelle. La gente era all'atelier a osservare i quadri. Era contenta di aver ricominciato a mostrare i propri lavori dopo essersi nascosta dalla persona che le aveva rovinato la vita. Tuttavia, l'esistenza in incognito le aveva permesso di conoscere quel tesoro di Jackson. Ormai lei stava tornando alla normalità, e insieme stavano tentando di pianificare un matrimonio, poco a poco.

Jackson si avvicinò a lei e le passò un drink mentre una coppia cominciava a parlarle dei dipinti. Lui li salutò, poi si fece da parte, lasciando che Nina parlasse con gli ospiti. Qualche attimo dopo, si inclinò e le sussurrò all'orecchio: "Scusa, vado a parlare con la mamma e Seth."

Nina gli sorrise. "Va bene," rispose, poi tornò alla conversazione con l'uomo e la donna che discutevano dei vari quadri. Stavano cercando di capire quale volessero acquistare ed erano curiosi di conoscere la storia dietro i dipinti. Lei amava raccontare aneddoti sul motivo per cui aveva ritratto certi soggetti, quindi era una conversazione piacevole. Non ci volle molto affinché decidessero di acquistare il dipinto di un uomo sulla collina che dominava il fiume Guadalupe.

Erano contenti della decisione presa. Nina li ringraziò, si scusò e andò a unirsi alla chiacchierata con la propria famiglia, o meglio *futura* famiglia.

Alice buttò le braccia al collo dell'artista e la strinse in un abbraccio. "Tutto questo è pazzesco. Insomma, a me piace guardare i tuoi quadri, ma entrare in una stanza tappezzata dai tuoi lavori è strabiliante. Che bello vedere tutte queste persone che li ammirano. Andrai alla grande, davvero."

"Concordo." Seth esibì un grande sorriso e abbracciò la ragazza. "Io li comprerei tutti, ma non ho spazio."

Jackson mise un braccio attorno alle spalle di Nina. "Sposerò una donna dal talento straordinario."

"Grazie mille a tutti. È molto bello vederti qui a gironzolare," disse rivolta ad Alice. "Il ristorante e il B&B stanno facendo il botto. Non sono venuta molto, questa settimana, perché ho avuto da fare qui ma accidenti, ogni volta che esco di casa c'è gente nuova. Sulla spiaggia dietro le nostre proprietà ci sono più persone di quante ne abbia viste in tre anni."

Alice rise sotto i baffi. "Anch'io sono molto felice, ma stasera mi ha fatto bene staccare dalla locanda e venire a vedere la mostra. Lisa è dovuta restare a supervisionare tutto, ma ha detto di farti gli auguri e di congratularsi con te. È molto determinata."

Nina era d'accordo con lei. "Dopo quello che ha passato, il successo del locale è cruciale per lei. Voglio dire, lo è stato anche per te, ma sai, sono due situazioni diverse. Quel posto trionferà ed è quello di cui avevamo bisogno. Il nostro piccolo tratto di spiaggia era un po' deserto senza la locanda aperta."

"Sono d'accordo," convenne Alice. "Qualcuno sta venendo a parlare con te. Io e il mio bellissimo accompagnatore ci facciamo un giro per ammirare i quadri e ti lasciamo conversare con i tuoi seguaci."

Nina sorrise. "Va bene, ma dopo staremo un po' insieme, o almeno lo spero. In caso contrario, è stato bellissimo avervi tutti qui."

La ragazza li guardò voltarsi e vide la mano di Alice avvinghiarsi all'incavo del braccio di Seth, poi guardò Jackson. "Mi chiedo quanto ci vorrà prima che si… mettano insieme ufficialmente, sai, o si sposino magari."

Jackson sorrise. "Be', io credo siano già una coppia. Non avrei mai pensato di vedere mia madre con un uomo che non sia mio padre, ma ci ho fatto l'abitudine. Capisco perché questo la stia aiutando, e credo che Dio abbia fatto sì che si possa amare qualcuno con tutto il cuore, per poi innamorarsi miracolosamente di nuovo, una volta che quella persona è andata via per sempre."

Nina gli afferrò il braccio e si strinse a lui. "Sì, credo sia una specie di miracolo."

* * *

Entro la fine di quella settimana, Dallas aveva assunto un paio di cowboy perché lavorassero un paio di turni al ranch. Quel giorno aveva ordinato loro di raggruppare tutti gli animali nello stesso pascolo. Aveva dato un'occhiata al catasto, in particolare alle informazioni sui confini della proprietà. Lui e Lorna avevano scoperto che quel ranch si estendeva su trentaseimila ettari, un numero esiguo in confronto al ranch McIntyre. Nel Texas centrale l'avrebbero definito un "ranch proporzionato" e, per quanto sembrasse strano, lo preferiva alla proprietà mastodontica della famiglia McIntyre, che contava quasi ottantamila ettari. Quando erano ragazzini, il terreno si estendeva a perdita d'occhio e doversene occupare, per lo più da soli, era un lavoraccio. In seguito, durante il passaggio dalla scuola al college, avevano scoperto il petrolio… Tonnellate di petrolio.

La vita era cambiata ed era stato allora che Dallas si era dato ai tori a tempo pieno. Dopo tutti quegli anni di duro lavoro e, considerando quanto fosse in salute, quando era stato buttato giù dall'animale si era sentito avvilito. Subito dopo la caduta, Dallas si era trascinato a terra; era rotolato in avanti, e poi aveva ricominciato a camminare con passo pesante. L'infortunio aveva coinvolto tutto il corpo, ma il danno peggiore era alla spalla. Col tempo si era ripreso quasi completamente, ma quella non ne voleva proprio sapere di risanarsi. Non era mai guarita del tutto. I dottori l'avevano avvisato che forse non sarebbe tornata come prima, e che continuare con le gare, considerando lo sforzo fisico necessario, avrebbe solo peggiorato la situazione.

In ogni caso, Dallas si stava occupando della spalla con premura e i risultati si vedevano. Sebbene riuscisse a compiere movimenti che all'inizio non riusciva a eseguire (non era ridotto proprio male), si sarebbe mai ripreso del tutto?

Mentre riuniva il bestiame nei pascoli insieme agli aiutanti, il mandriano continuava a pensare al futuro e ai propri desideri. Per quanto sembrasse folle, si era sentito attratto da Lorna fin dal primo istante, e quel sentimento aveva continuato a crescere. All'inizio temeva che fosse solo una sbandata. Oppure si trattava del bisogno che aveva di aiutare la gente? Aveva cercato di dirsi che non era solo infatuato dalla bellezza di Lorna o intrigato dalla storia della ragazza. Aveva cercato di convincersi a portare pazienza. Nonostante ciò, era alla tenuta Lewis da cinque settimane e si stavano tutti preparando per l'asta che si sarebbe tenuta nel weekend. Dallas sapeva di appartenere a quel posto, e se davvero Lorna ricambiava il sentimento, non avrebbe voluto parlargliene troppo presto. Così, lavorava e cercava in tutti i modi di non fare l'idiota, di non farla scappare via. Il mandriano aveva capito che in qualche modo quell'affetto fosse reciproco, ma in un angolino della mente di Dallas si insinuò il dubbio che si trattasse di pura gratitudine. Quella era la parte paranoica di lui, che gli faceva temere che chiedere o cominciare qualcosa troppo presto sarebbe stato un errore madornale.

Detto ciò, si recò nei pascoli dove c'erano le mucche, e con l'aiuto dei ragazzi si mise a separare quelle con l'età giusta per la vendita da quelle che non ci erano ancora arrivate e che avevano bisogno di più tempo. Si stava sforzando di tornare con la mente al lavoro e non alla donna che sapeva di amare.

CAPITOLO DODICI

Alla terza settimana di lavoro, Lisa capì di avere bisogno di un altro chef. C'era stato un gran da fare e lavorava per gran parte della giornata, fatta eccezione per qualche ora di pausa. Quando poteva, staccava dopo colazione e nel pomeriggio. Si prendeva un paio d'ore prima delle quattro. Dopodiché si occupava della preparazione e alle sei aprivano le porte ai clienti. Insieme ad Alice, si erano rese conto che tenere aperto tutto il giorno era troppo, almeno all'inizio, quindi avevano deciso di stabilire dei nuovi orari. Fortunatamente ciò le aveva permesso di riposarsi un po'.

Nonostante ciò, ormai era consapevole che non avrebbe retto sette giorni su sette, considerando le ore di lavoro prolungate. Era esasperante, ma era la verità. Lisa adorava stare lì, ma il fisico non la pensava allo stesso modo, così la settimana prima aveva pubblicato degli annunci di lavoro. Aveva già fatto un colloquio con una ragazza, dalla quale non era rimasta molto colpita, quindi sperava che avrebbe avuto più fortuna con gli altri candidati. Sperava di assumere una donna e non dover avere a che fare con un uomo. Ciononostante, si era candidato uno chef molto rinomato, e Lisa era rimasta sbalordita e intrigata nel vedere quel nome. L'avrebbe esaminato proprio quel giorno.

Lisa era nel piccolo ufficio, dove Libby, la receptionist di turno, aveva accompagnato Zane Tyson. Libby le sorrise e alzò un sopracciglio in un'espressione che solo Lisa poté vedere, dopodiché andò via. La cuoca conosceva il motivo di quel sorrisetto: Zane era innegabilmente bello, muscoloso e ben piazzato.

"Salve." L'uomo sorrise e lo stomaco di Lisa fece le capriole.

"Salve." Si sforzò di sembrare professionale. "Entri e si accomodi. È un piacere conoscerla, signor Tyson."

"Ti prego, chiamami Zane." Il cuoco si sedette, appoggiò i gomiti sui braccioli e scrutò la donna di fronte a sé. "Da quanto ho visto, questo posto è spettacolare e ho sentito che sta avendo successo. Le recensioni che ho letto sul giornale sono molto lusinghiere. Inoltre, ho parlato con un sacco di gente che ha mangiato qui e pensa che la tua cucina sia eccezionale."

Colpita da quelle parole, Lisa non poté fare a meno di sorridere. "Mi fa piacere saperlo. Ho lavorato sodo per offrire ai clienti un'esperienza goduriosa."

"Be', sembra proprio così. Quando ho visto l'annuncio mi sono incuriosito."

"Dove lavori al momento?"

"Al Grandberry's," rispose Zane con un sorriso. "È stato un posto grandioso in cui lavorare, ma comincio ad annoiarmi. Non mi permettono di apportare cambiamenti al menù, inoltre ci sono comunque gli aiuto cuoco, quindi se me ne andassi non li ferirei di sicuro, i piatti sono sempre gli stessi. Ho guardato il tuo menù e sinceramente sono rimasto incantato. La vista sulla spiaggia, penso non ci sia neanche bisogno di dirlo, è degna di nota. Non lo so… Sembra proprio un posto fenomenale in cui lavorare. Mentre davo un'occhiata ai piatti proposti, ho pensato che sarebbe stata una nuova esperienza per me e che avrei adorato questo posto. Potrei… sarei un grande aiuto per te. Io sono, be', sai… probabilmente dirai lo stesso… Credo di essere molto bravo nel mio lavoro."

Era un dato di fatto. Lisa aveva riconosciuto quel nome appena l'aveva letto e conosceva la reputazione di quello chef. L'unico dettaglio che la infastidiva era che fosse un uomo e lei, dopo ciò che aveva passato con l'ex, semplicemente non se la sentiva di lavorare con lui. Le altre aiutanti erano tutte donne. Si sentiva incerta. Lui le piaceva. Non come uomo, si disse, bensì come cuoco; per non parlare del fatto che era stato sincero sulle proprie predilezioni. Lisa aveva il presentimento che quell'uomo desiderasse qualcosa di diverso.

Zane inclinò la testa di lato e la scrutò con gli occhi blu scuro. "Hai una preferenza in fatto di genere?"

Lisa sospirò. "Voglio essere onesta, e suppongo che dovrò esserlo. Ti confesso che sono più propensa ad assumere una donna. Come già saprai, ho affrontato un divorzio molto travagliato e insolito, e non mi sento ancora nello spirito giusto per fidarmi di un uomo. So che non è corretto, ma al momento la mia battaglia è questa, anche se sono ben consapevole che è un pensiero sbagliato."

"Ho visto altre persone passarci e ti capisco, ma posso assicurarti che non sono una persona orribile. Non ho intenzione di ferirti o darti problemi. Sto solo cercando un lavoro fantastico, con una chef estremamente talentuosa in un posto interessante. Questo lavoro ha tutte queste caratteristiche."

Lisa fece un respiro profondo e annuì. "Ho guardato i tuoi documenti, il curriculum e… In realtà è stato molto tempo fa, ma una volta ho mangiato con un'amica al ristorante che gestisci. Sono rimasta davvero colpita. A ogni modo, non prenderò una decisione oggi. Ho altri colloqui questa settimana, ma ti chiamerò presto e ti farò sapere in entrambi i casi."

Zane annuì, poi si alzò in piedi. "Va bene, allora grazie. Voglio solo che tu sappia… Be', probabilmente lo sai già, dato che nell'attuale ristorante dove lavoro ho acquisito una buona reputazione… Sono un gran lavoratore e mi presterò a tutto. Quando si tratta di impartire ordini alle persone che lavorano per me, non mi incattivisco. Sì, mi aspetto che diano il massimo, ma se ci mettono buona volontà so anche essere comprensivo. Se invece sono svogliati, non riesco a tollerarlo."

Lisa si alzò e sorrise. "Allora siamo d'accordo. Grazie per essere venuto. Ci sentiamo in settimana."

Lo chef si voltò e lasciò la stanza. Lisa si risedette. *Caspita, non solo sapeva cucinare; era molto coscienzioso e per di più aveva un'ottima reputazione. Sarebbe mai riuscita ad accettare di assumere un uomo?*

Aveva ricevuto altre foto dall'ex marito, e alla fine aveva chiamato l'avvocato, lasciando che fosse lui a occuparsene. Fortunatamente, negli ultimi tre giorni non aveva ricevuto nulla ed era sicura che la situazione sarebbe rimasta invariata, a meno che non gli avesse fatto causa o avesse seguito il suggerimento dell'avvocato, qualunque fosse. D'altra parte, lei sapeva di doversi riprendere la propria vita e non poteva lasciare che quell'esperienza con l'ex la influenzasse nella scelta dello chef perfetto.

Avrebbe dovuto ingaggiare la persona giusta per quel lavoro: era quella la decisione più opportuna.

* * *

Era stata una settimana bellissima. Alice era elettrizzata. Gli annunci dovevano aver funzionato, perché i telefoni continuavano a squillare. Il pienone non valeva solo per le stanze; anche nel ristorante non c'era un solo coperto libero. Era un trionfo assoluto.

Alice aveva sperato che l'aver assunto Lisa si rivelasse un'ottima decisione, considerando che erano davvero molte le persone della zona a conoscere la reputazione di quella donna in fatto di cucina, pasticceria e intrattenimento. Essere la moglie di quel farabutto, che era pur sempre un avvocato rinomato, le aveva permesso di partecipare a cene e feste di beneficenza. Lisa aveva cucinato e donato il proprio tempo e cibo, e la gente l'aveva sempre apprezzato. Era una donna di grande talento.

Alice era in giardino, con lo sguardo rivolto ai tavoli esterni gremiti di ospiti. Salì i gradini, e quando qualcuno la salutò con la mano lei fece lo stesso, poi entrò nella sala interna. Anche quella era bella piena. Che spettacolo! Il cibo era a dir poco invitante.

Nonostante tutto, sapeva che dopo quelle prime settimane l'amica avrebbe dovuto assumere un altro chef. Non solo un aiutante, bensì un professionista che le desse il cambio. Sapeva che la cuoca aveva fatto dei colloqui, quindi sperava davvero che ne venisse fuori qualcosa. Entrò in cucina e la vide indaffarata alla griglia. Le si avvicinò e si limitò a guardarla con stupore mentre l'altra cucinava. Alice non sarebbe mai riuscita a raggiungere quei livelli, ma Lisa, quella donna straordinaria, era un portento.

"Quando ti vedo cucinare rimango sempre incantata."

Lisa le sorrise mentre cominciava a posizionare il cibo sui piatti. C'era un pollo grigliato con cipolle, una bistecca, e poi ancora una *fajita* di pollo. Quando terminò di impiattare, l'aiuto-cuoco li prese e cominciò ad aggiungere le altre pietanze del pasto.

La cuoca rivolse un altro sorriso ad Alice. "Ho un minuto, andiamo in ufficio. Voi fatemi sapere se c'è bisogno di me," disse agli aiutanti, poi accompagnò la collega nel piccolo ufficio. Lisa si sedette alla scrivania e Alice si accomodò sulla sedia degli ospiti. "Allora, ho esaminato candidati tutta la settimana. Ho un problema e mi sa che ho bisogno della tua opinione."

"Va bene, dimmi."

"Hai mai sentito parlare di Zane Tyson? Lavora al Grandberry's, sai, ha molto, molto talento. È venuto a inizio settimana e si è candidato."

"Dici sul serio? Quell'uomo è straordinario. Ottiene solo recensioni positive. Il ristorante è sempre strapieno. Anche se, da quanto so, non lo rimodernano da una vita."

"Immaginavo lo conoscessi. È venuto due giorni fa. Io non avevo intenzione di assumere un uomo. Non so se me la sentirei di averne uno come sottoposto, o se vorrei che prendesse le redini quando io non ci sono… Però è uno chef straordinario e non riesco a togliermelo dalla testa. Tu che ne pensi? Di tutti gli aspiranti, è il migliore. In realtà sono sorpresa che si sia proposto. È alla ricerca di una nuova esperienza. Dove lavora adesso non variano il menù da anni, e mi pare che abbia un paio di chef che lavorano per lui che potrebbero prendere il suo posto senza problemi. Sono solo combattuta."

Ad Alice era bastato uno sguardo per capirlo, ma

aveva anche intuito che Lisa fosse attratta dall'idea di assumere una persona capace, per lei e per il ristorante. "Be', non ho mai sentito nessuno parlare male di quell'uomo. So che a volte partecipa ai programmi TV e dona molto del suo tempo a scopi benefici. Sembra una brava persona. Penso che voi due potreste creare una bella sinergia. So che hai passato un periodo tremendo, ma non tutti sono come quel mascalzone che hai sposato, e Zane non merita di essere giudicato come tale. Credo dovresti dargli un'opportunità. Da quanto ho capito, è molto gentile."

Lisa abbassò lo sguardo e si massaggiò la fronte, poi riportò gli occhi sull'amica. "È ciò che penso. Non devo lasciare che il passato influenzi il futuro. Inoltre, ho l'impressione che lui sarebbe fantastico qui. Prova ammirazione per la locanda, adora l'idea di stare in spiaggia e, sebbene non lo conosca a fondo, credo sia un tipo innovatore. Mi sa proprio che domattina, dopo colazione, lo chiamerò."

"Bravissima, è un'idea fantastica. Credo che voi due lavorerete benissimo insieme. Insomma, tu non lo conosci di persona, ma basta vederlo in TV o sentire ciò che la gente dice di lui per capire che è una brava persona… ed è proprio ciò di cui hai bisogno."

Lisa annuì nel momento esatto in cui la chiamarono

dalla cucina. "Va bene, allora è deciso. Ora torno in cucina e domani finalizzerò quest'assunzione."

Alice si alzò, le si avvicinò e la avviluppò in un abbraccio. "Ora sappiamo che avrai un ottimo elemento in squadra. Ti avviso, amica mia, questo ristorante con te al timone farà dei numeri da record."

"E tu farai lo stesso con la locanda, ricordatelo."

Si sorrisero l'un l'altra e poi uscirono dall'ufficio con i cuori colmi di gioia.

CAPITOLO TREDICI

Lorna uscì di casa. Il bambino dormiva come un ghiro e lei voleva guardare gli uomini caricare le mucche e i vitelli sui rimorchi; e vedere Dallas. Dopo tutte quelle settimane, Dallas passava più tempo a lavorare al ranch che in casa a prendersi cura di lei e Landon, ma c'era da aspettarselo. Di tanto in tanto lei andava a trovarlo, ma lui era indaffarato col bestiame. Si cimentava ancora alla griglia per cucinare i pasti, ma ultimamente andava a letto alle nove, perché si alzava presto e sapeva che ormai la neomamma riusciva a occuparsi da sola del bambino.

Eppure Lorna ne sentiva la mancanza e voleva ringraziarlo per tutto ciò che aveva fatto, quindi quella sera avrebbe cucinato lei la cena. Non vedeva l'ora.

Il mandriano stava tornando dall'asta pomeridiana e Lorna voleva che si godesse un pasto succulento. Sapeva che quella settimana Dallas si era spaccato la schiena per preparare il bestiame alla vendita, e sperava davvero che tornasse a casa soddisfatto dei risultati. Voleva fargli sapere quanto lo apprezzava, in un modo o nell'altro. La ragazza superò il fienile in direzione dell'ampio recinto per il bestiame. Vicino al cancello c'erano due rimorchi per animali. Dallas e i due cowboy che aveva assunto erano occupati a dirigere i vitelli dentro il rimorchio attraverso un cancello.

Lui la vide e sorrise all'istante avvicinandosi alla staccionata.

"Volevo assolutamente venire qui prima che te ne andassi. Quanti vitelli!"

Dallas sorrise, appoggiò i gomiti sulla staccionata, vicino a quelli di Lorna, e la guardò attentamente. "Sì, tu intanto fai una preghiera. Credo otterrai dei buoni profitti."

"Be', può darsi. Se così fosse, sarà in gran parte merito tuo. Se non ci fossi stato tu, non ci sarebbe stato niente di tutto ciò."

Dallas rise. "Credo che Dio abbia preso due piccioni con una fava, quando ci ha messi insieme. Comunque, ora li carichiamo e poi partiamo. Tornerò al massimo per le sette."

Lorna gli sorrise. Quanto avrebbe voluto buttargli le braccia al collo. "Be', allora la cena sarà pronta intorno alle sette."

"Sei sicura? Potrei prendere qualcosa da asporto, se non ti va di cucinare."

"Sicurissima. Ho ripreso le forze e voglio ripagarti per ciò che stai facendo."

"Va bene, ma questo non è ripagarmi, è premiarmi."

"Allora mi assicurerò che sia un premio deliziosissimo. In realtà me la cavo benissimo con alcuni piatti, quindi vedremo."

"Va bene allora, torno al lavoro. Non vedo l'ora di vederti stasera," concluse Dallas con una mano sul braccio della ragazza.

"Vai. A dopo."

L'uomo le diede una strizzatina al braccio, poi tornò al cancello e radunò in gregge gli ultimi animali.

Quando salirono sui pick-up e partirono, lei li salutò agitando la mano. A essere sincera, non le importava un fico secco dell'esito della vendita, aspettava con ansia il ritorno del cowboy. Non vedeva l'ora di passare la serata con lui.

* * *

Dopo l'asta di bestiame, Dallas tornò a casa. I due cowboy avevano guidato i furgoni con rimorchio, lui il pick-up. Aveva bisogno di un mezzo veloce per correre da Lorna, qualora avesse avuto bisogno di lui. Quell'esigenza non c'era stata, ma era comunque ansioso di tornare a casa per vederla. Si era reso conto di aver chiamato quel posto "casa", come se fosse la propria. Era arrivato al punto di pensare che casa fosse dove c'era lei. Era in un mare di guai, i sentimenti gli stavano sfuggendo di mano.

Cercò di scacciare via quei pensieri e si concentrò sull'esserle amico. Era contento di portarle un bel malloppo per la vendita ed era impaziente di darglielo.

D'altronde, doveva stare attento, perché Lorna gli stava preparando la cena e Dallas le aveva visto negli occhi un sentimento reciproco.

Accostò nel vialetto, parcheggiò il pick-up vicino al garage e saltò fuori. Aggirò l'angolo della casa e aprì la porta della cucina. "Ehi, posso entrare?" La avvistò accanto ai fornelli quando, con un sorriso, lei si girò di scatto verso di lui. Il cuore di Dallas fece le acrobazie. Era nei pasticci e lo sapeva. Tentò di calmarsi entrando.

"Sei tornato." Lei gli corse incontro e gli buttò le braccia al collo. "Che bello vederti!" Lorna indietreggiò, come se si fosse resa conto di ciò che aveva fatto. "Allora, sei felice?"

Lui l'abbracciò, ma dovette reprimere il desiderio di stringerla a sé e non lasciarla andare. "Certo! Questo è per te." Dallas tirò fuori l'assegno e glielo passò.

Lorna lo aprì e il viso le si colmò di stupore. Poi guardò il mandriano con gli occhi spalancati. "Perché tanti soldi?"

"Perché i vitelli sono di ottima razza e la gente del posto se li contende."

"Caspita, grazie. Sono scioccata." La ragazza appoggiò l'assegno all'estremità del bancone e tornò da Dallas. Prese il mestolo che aveva usato per cucinare e mescolò quella che sembrava una mistura di carne macinata e peperone sminuzzato con cipolle, tutti ingredienti che Dallas aveva comprato al negozio.

Il cowboy si appoggiò all'angolo del bancone. "Sembra delizioso."

Lorna gli sorrise. "Non è molto difficile da fare, ma è molto buono. A essere sincera, non lo cucino da un'eternità. Mia madre amava questa ricetta e me l'ha insegnata, quindi ho pensato di prepararla stasera."

"Ho già l'acquolina in bocca." Dallas si rese conto di non essersi lavato le mani da quando era entrato, così si voltò e andò al lavello. Aprì il rubinetto e fece scorrere l'acqua sulle mani.

"Allora, è stata una grande asta?"

"Sì, questa è una zona equina e bovina piuttosto vasta, di conseguenza le vendite sono in grande… e ovviamente proficue, come hai visto."

"Così sembra. Grazie mille. Sei molto bravo in ciò

che fai, e sono immensamente grata della tua presenza."

Dallas si asciugò le mani e tornò al posto di prima. Lorna aveva finito di girare la zuppa e gli sorrise. "Allora, il bambino è pronto per uscire?" chiese Dallas.

"Sì, e anch'io, quindi potrei andare al negozio," rispose lei.

"Certo, se vuoi, ma lo chiedevo perché so che ti piacerebbe andare alla locanda di mia madre, e a lei farebbe molto piacere averti lì e farti fare un giro. Poi potremmo cenare alla Star Gazer Inn."

Lorna sbarrò gli occhi. "Volentieri! Ho il desiderio di andarci dal giorno in cui mi è venuta a trovare, e vorrei anche rivedere lei."

"Va bene allora, fammi sapere quale giorno preferisci e ti ci porterò. Dato che oggi ho radunato e venduto il bestiame, avrò i pomeriggi liberi per un po'. Non lavorerò fino a tardi per riunire gli animali o altro. Tuttavia, i ragazzi non ci saranno per due giorni, quindi dovrò tosare di nuovo il prato."

"Domani o dopodomani andrà bene. Sai che non ho altri programmi."

Lui rise sotto i baffi. "Che te ne pare di domani? Se ci svegliamo ed è una bella giornata potremmo andarci subito. Se invece, per qualche strana ragione, ci svegliamo e piove, aspetteremo che smetta, perché vorrai sicuramente goderti il giardino. Va bene?"

"Ottimo, ma spero che domani faccia bel tempo. Stamattina ho ascoltato le previsioni e non sono attese piogge per tutta la settimana."

"Be', perfetto allora. Ora, cosa posso fare per aiutarti a preparare questa meravigliosa cena?"

"Allora, ho già messo i piatti in tavola e ho appena dato da mangiare al bambino. Ora sta dormendo. Prendi la presina e tira fuori i panini dal forno."

Lorna indietreggiò mentre lui afferrava il guanto e lo indossava. Dallas aprì il forno e ne fece uscire dei bellissimi panini. Erano uno spettacolo per gli occhi. Li mise sulla lastra in metallo e chiuse il forno.

La ragazza gli rivolse un grande sorriso. "Oh, sono venuti benissimo."

"Sono bellissimi, aggiungerei. Dove li hai presi?"

"Li ho fatti io. Questi li ho sempre preparati da sola."

Dallas inclinò la testa e la guardò. "Caspita, non vedo l'ora di addentarli. Menomale che hai abbondato con le quantità."

"Be', se li metti in quella ciotola rossa con i tovaglioli e li porti in sala da pranzo, tolgo questo dal fuoco. Rimane da prendere solo lo stufato di verdure sul bancone."

"Porto quello allora."

I due collaborarono e presto ebbero tutto pronto in

tavola. Un piatto di carne e verdure, un buonissimo stufato di mais e i panini dall'aspetto delizioso. Si sedettero e Dallas recitò una preghiera, un ringraziamento per il cibo, per il fatto che Lorna e Landon stessero bene e per la vendita.

Mangiarono e parlarono, non solo di ciò che era successo in quei giorni, ma anche di ciò che lei poteva fare per il ranch.

Il cibo era squisito e quando ebbero finito, per quanto Dallas cercasse di convincere se stesso a ringraziarla e tornare nella propria stanza vicino al garage, non lo fece. "È bello fuori, perché non continuiamo a chiacchierare lì, seduti?"

Il viso di Lorna s'illuminò di gioia. "Volentieri."

Dopodiché, presero tutto il cibo dalla tavola, lo incartarono con l'alluminio e lo misero in frigo. Ripulirono i piatti, li infilarono nella lavastoviglie e uscirono fuori. Era stata una giornata grandiosa e lui sperava di non rovinarla. Doveva continuare ad andarci coi piedi di piombo.

CAPITOLO QUATTORDICI

Era una serata meravigliosa. La luna era alta e brillava in cielo illuminando i pascoli. Lorna si sedette sul divano a dondolo, dove c'era posto per due. Decise di essere coraggiosa. Diede un colpetto al cuscino accanto e lanciò uno sguardo a Dallas, rivolgendogli un sorriso. Con grande gioia della ragazza, il cowboy le si sedette accanto.

Lorna cercò di calmare il nervosismo che la assaliva e il desiderio di prendergli la mano, appoggiarsi a lui, sentire il braccio dell'uomo attorno alle spalle… e baciarlo. Fu più forte di lei. Lorna si inclinò leggermente verso Dallas, i cui occhi erano colmi di inquietudine. Sembrava stesse lottando contro se stesso, contro l'attrazione che provava nei confronti della donna accanto a sé; perché era ovvio che fosse attratto da lei, ma era anche chiaro che non volesse oltrepassare il confine.

"Che bella serata, mi sto proprio rilassando," commentò lui.

Lorna gli sorrise. "Anch'io. Non vedevo l'ora di stare con te, da soli, alla luce di questa luna splendida. Dallas, io… so che non dovrei, ma vorrei…"

Il mandriano si fece avanti e la baciò. Come se fosse stato in attesa fino a quel momento, come se non ce la facesse più. Lorna si abbandonò a quel bacio meraviglioso. Lui la avvolse in un abbraccio, stringendola a sé mentre approfondiva il bacio. Il cuore della ragazza partì in quarta, e sentì quello di Dallas fare lo stesso.

L'uomo si ritrasse e appoggiò la fronte contro quella di Lorna. Erano entrambi affannati.

"Non ce l'ho fatta a resistere," proferì lui con dolcezza.

Lei scostò la testa e gli sorrise. "Menomale. Volevo baciarti da una vita."

Dallas sembrava pensieroso. "Anch'io, ma non so cosa faremo in proposito. Io lavoro per te."

"No, tu *mi aiuti.*"

Il mandriano sembrava incerto. "Sì, ma ho comunque una responsabilità nei tuoi confronti, e se cominciamo a confondere le due cose, cosa succederà?"

Che intendeva? "Vorrà dire che proviamo dei sentimenti l'uno per l'altra. Sono molto felice che tu mi abbia baciata… e che mi abbia confessato i tuoi sentimenti, ma ti vedo preoccupato, quindi possiamo limitarci a procedere a piccoli passi. Tu mi stai dando una mano, ma non pretendo che mi baci. Semplicemente… lo desidero."

Dallas sorrise mentre le accarezzava la guancia. "Lo so. Allora ci andremo piano e ne verremo a capo man mano, va bene?"

La donna inclinò la testa verso quella del mandriano. "Va bene," rispose, poi lo baciò. La vita di Lorna aveva appena fatto un salto di qualità.

* * *

Era una bellissima giornata di lunedì, e sebbene Dallas fosse un po' incerto sul fatto di non nascondere i propri sentimenti, era al settimo cielo dopo il bacio con Lorna. Sperava di non aver fatto un errore a confessarle ciò che provava.

Lei sembrava raggiante mentre Dallas parcheggiava il pick-up al B&B della madre. Il cowboy le lanciò un'occhiata. Era bellissima. Aveva indossato un bel paio di pantaloni e un'incantevole camicetta a fiori. Gli aveva detto che non la indossava da tempo perché non aveva più l'abitudine di vestirsi elegante. Eppure le stava benissimo, e lui glielo aveva già confessato quando era salita in macchina.

Lorna sorrise guardando l'edificio. "È bellissimo."

"Sì, spero ti divertirai. Mia madre e Lisa non vedono l'ora di rivederti."

"Anch'io non sto nella pelle dalla voglia di vedere loro, il ristorante e il B&B. È magnifico persino da qui. Non oso immaginare quanto lo sia dentro."

"È meraviglioso. Ha uno stile piuttosto marinaro."

Lorna si sfregò le mani. "Andiamo allora."

Dallas rise e saltò fuori dal veicolo, poi aprì la portiera posteriore per prendere il bambino. Gli sarebbe piaciuto aiutare Lorna a uscire, ma quel fagottino dolce lo stava già aspettando. Landon alzò lo sguardo verso di lui mentre il cowboy slacciava la cintura ed estraeva il seggiolino. "Ehi bimbo, passeremo una bella serata." Poi si grattò la testa, e il piccoletto rise.

La neomamma gli andò incontro sul davanti del veicolo, dopodiché si incamminarono verso la porta d'ingresso ed entrarono. Alice era alla reception.

La donna si illuminò all'istante e aggirò di corsa il bancone. "Dallas, l'hai portata! Oh, Lorna, che piacere vederti." Alice la abbracciò, poi si scostò, continuando a stringere le braccia della ragazza. "Sei stupenda."

"Grazie. Credimi, non ho fatto assolutamente niente per perdere peso. È stato tutto merito di quel piccolino, che beve il latte tutti i giorni. In realtà sono dimagrita un po' più del necessario, quindi sto cercando di mangiare di più e sto cominciando a rimettere in moto i muscoli."

"Be', stai facendo un bel lavoro. Sono tanto contenta che siate venuti." Alice liberò Lorna e abbracciò con cautela Dallas, che col braccio buono reggeva il trasportino del bambino. La donna si piegò e fece il solletico a Landon sotto il mento. "Tesoro, sono tanto felice che tu mi sia venuto a trovare, stasera." Alice lo guardò sorridere e gli occhi del neonato si riempirono di entusiasmo. "È adorabile."

"Grazie, lo penso anch'io," convenne Lorna.

"Concordo," aggiunse Dallas. "Siamo arrivati al momento giusto?"

"Siete in perfetto orario. Aspettate, mi faccio sostituire." Alice aggirò l'angolo, poi tornò sorridente, mentre una ragazza prendeva il posto della padrona al bancone e rivolgeva loro un sorriso. "Divertitevi."

Risposero entrambi che l'avrebbero fatto, successivamente, attraversarono il corridoio con Alice. Invece di andare dritti al ristorante, li accompagnò su per le scale per mostrare la locanda a Lorna. "Adesso molte delle stanze sono occupate, ma ne ho due libere, quindi vi mostrerò quelle."

"Ma che meraviglia! È tutto molto bello, e i dipinti appesi alle pareti sono semplicemente straordinari."

La locandiera allungò la mano sulla maniglia e girò la chiave. "Grazie. Ci abbiamo messo tanta buona volontà. Seth ha fatto un lavoro pazzesco. Era qui quando hai partorito, sai, quell'uomo sulla sessantina, alto…"

"Sì, mi ricordo di averlo visto quando stavano portando fuori me e Landon. Mi aveva fatto gli auguri."

"Sì, esatto. Ha molto talento. Ecco, dai pure un'occhiata. Questa è la camera Pellicano, io credo che le decorazioni siano bellissime."

"Cavolo. Scommetto che la gente che si becca questa stanza non vorrà mai andarsene." L'espressione di Lorna era stupita mentre assimilava la vista della camera.

Dallas scrutò l'ambiente. Era incantevole. I muri erano azzurrini e il letto era arricchito da una bella biancheria color crema. La finestra aveva delle tende dai colori sgargianti e una meravigliosa vista sulla spiaggia. Dava sul giardino e sull'oceano, proprio come gran parte delle camere. Quella sera il panorama era mozzafiato; il sole era ancora alto in cielo, ma probabilmente non sarebbe tramontato per un'altra ora.

In seguito visitarono un'altra camera, bella quanto la precedente. I muri erano di un leggero color foglia di tè e le tende erano le stesse usate nell'altra stanza, perché racchiudevano vari colori ed erano perfette per le tonalità di entrambe. La madre aveva scelto quel tessuto specifico e poi aveva dipinto ciascuna stanza con uno di quei colori, in modo da creare un legame tra i due ambienti.

Quando tornarono al piano terra, li accompagnò in salotto. Era una stanza accogliente in stile marinaro, con un divano colorato. Al di sopra dell'esclusivo elemento d'arredo era appeso un quadro.

"Che bello," commentò Lorna. Era completamente concentrata sul grande dipinto che ritraeva la spiaggia.

Dallas conosceva l'artista, e quella tela era magnifica.

"Grazie! L'ha dipinto Nina, la fidanzata di Jackson. Non l'hai ancora conosciuta e dovremo rimediare. È molto impegnata perché ha ricominciato con le mostre d'arte nelle gallerie. Lei e mio figlio Jackson stanno decidendo la data del matrimonio. Dipinge tra una rassegna e l'altra e si occupa della sua cagnolina, Ranuncolo. È tanto carina. A ogni modo, ha una vita bella piena al momento, ma la conoscerai perché è entusiasta del tuo bambino e del fatto che Dallas ti abbia salvata."

"Sembra molto carina. Non vedo l'ora di conoscerla. Sono spiazzata dal fatto che qualcuno che non conosco affatto pensi a me in quel modo."

Dallas sorrise. "Ti piacerà. Ora che inizierai a

uscire di più, potremo passare del tempo insieme. Infatti stavo pensando che sarebbe bello andare al ranch di famiglia per mostrartelo. Ti presento anche i miei fratelli. Chi lo sa, potrebbe esserci anche Nina."

"Fantastico. Devo dire che sono curiosa di vedere il posto in cui sei cresciuto. Sembra molto interessante."

Dallas colse gli occhi baluginanti della madre e le vide un sorriso stamparsi sul volto. Poi posò di nuovo lo sguardo su Lorna. "Va bene, ci andremo."

"Certo, mi sembra un bel programma," disse la madre. Era ovvio che fosse felice dei piani di Dallas e Lorna. "Andiamo fuori, così potrete vedere i giardini e il bellissimo gazebo che Seth ha costruito per me. È fatto apposta per i matrimoni e i ritrovi, infatti abbiamo già delle cerimonie nuziali in programma. Sono molto sorpresa di quanto velocemente siano arrivate le offerte, le richieste e le prenotazioni."

Dallas non si fece sfuggire l'allusione nella voce della madre e fu contento quando si rese conto che stava facendo il tifo per lui. Aveva pensato di chiederle se secondo lei stava mandando tutto all'aria, ma l'atteggiamento della donna indicava chiaramente che sperava non esitasse. Lui non ne aveva affatto intenzione.

Dopo aver esplorato il giardino, che era enorme, la madre fece loro strada nel giardino sul retro, poi alle *dinette* esterne e al tavolo che era prenotato a nome loro. Si trovava all'angolo della sala da pranzo esterna e aveva una vista pazzesca del giardino e della spiaggia.

"Prego, godetevi un pasto delizioso. Mi sono divertita a farvi da guida. Ora vado in cucina e dico a Lisa che siete qui, così appena avrà un momento libero verrà fuori a salutarvi."

"Certo, mi piacerebbe se Lorna la conoscesse, ma tu dovevi unirti a noi." Dallas le vide uno scintillio negli occhi.

"Sì, ci farebbe piacere," aggiunse Lorna.

"Mi dispiace, devo lavorare. Ho preso abbastanza tempo solo per farvi fare un giro, ma qualche volta puoi chiamarmi, così andiamo a pranzo insieme. Adesso godetevi la serata, tu e Dallas." Con un grande sorriso, la donna si voltò e andò via.

Dallas guardò Lorna e si sentì grato nei confronti della madre per aver concesso loro quel tempo insieme. Appoggiò il trasportino del bimbo sulla seduta in legno messa lì appositamente per loro, dopodiché scostò la sedia accanto per Lorna e si sedette di fronte a lei. Sarebbe stata una serata incantevole.

CAPITOLO QUINDICI

Durante la cena al ristorante, Lisa era uscita dalla cucina, aveva conosciuto Lorna e le era piaciuta. Il giorno dopo aveva ripensato alla sera prima; sperava che i due si sarebbero messi insieme. In quel momento era in cucina a guardare Zane che preparava uno dei piatti del menù.

L'uomo la guardò mentre faceva saltare il *filet mignon* e aggiungeva le spezie indicate da lei. "Che ne pensi? Ho aggiunto quello che volevi o ci vuole qualcos'altro?"

Lei lo scrutò. Pur trattandosi di uno chef dal talento straordinario, da cui *lei* avrebbe potuto prendere lezioni, si stava comportando da studentello. Eppure, in quel momento, era lui a imparare da lei. "Va benissimo così. Il condimento è tutto in quel contenitore lì, quindi, come ti ho già spiegato, usalo tutto sulla carne e mettiamola sul fuoco. Ho la sensazione che tu abbia appena preparato un capolavoro. Sono ben consapevole delle tue capacità."

Zane fece spallucce. "Ho i miei talenti, proprio come te, ma posso sempre imparare, e queste sono tutte ricette tue, non si tratta affatto di me. Io sono qui solo in qualità di tuo secondo."

Quando era in viaggio, Lisa aveva ricoperto quel ruolo molte volte. Aveva preso lezioni e lavorato gomito a gomito con i più grandi chef del mondo. Anche da sposata aveva viaggiato e studiato cucina. "Capisco." Apprezzava quell'atteggiamento.

Il cuoco sollevò la bistecca dalla griglia, la adagiò su un piatto e glielo passò. Si avvicinarono al tavolo dall'altra parte della stanza e Lisa vi posò il piatto, poi tagliò la carne. Passò una forchetta a Zane e ne prese una per sé dal tovagliolo che aveva disposto per loro. Dopodiché infilzò un pezzo e diede un morso. Era deliziosa, da morire. Lisa sapeva quanto quell'uomo fosse talentuoso. Si era limitata a dargli la ricetta e spiegargli come era solita prepararla, poi era stato lui a prendere le redini.

"È perfetta."

Zane gli diede un morso, masticò e ingoiò. "Devo proprio dirlo... Hai creato una combinazione grandiosa."

Lisa si rese conto che i complimenti che le faceva la elettrizzavano. Non era mica andato lì a scroccare un buon pasto; lui stesso era uno chef straordinario, venuto a lavorare per lei. Mangiare la bistecca cucinata da Zane secondo la propria ricetta era stata un'esperienza strabiliante. C'era un detto in cui Lisa credeva ciecamente: *dare a Cesare quel che è di Cesare*.

"Quando ti ho assunto, non avevo dubbi. Sei estremamente talentuoso, probabilmente più di me…"

"Non direi…"

"So che è solo la mia modesta opinione, ma ti ho assunto perché di tutti quelli che si sono presentati al colloquio, non riuscivo a smettere di pensare alle *tue* abilità, o al fatto che volessi rinunciare al *tuo* ristorante per venire qui. Ora posso dire di essere molto, molto contenta di averti preso, perché questa è sublime. Posso solo sperare che la mia abbia lo stesso sapore."

Il cuoco rise sotto i baffi. "Certo, prima abbiamo mangiato la tua e sai bene quanto me che era migliore."

"Grazie, ma non ne sarei tanto sicura. Stasera lavoreremo fianco a fianco e vedremo come va. Ci abitueremo a stare insieme e io prenderò confidenza con i tuoi metodi di preparazione."

Zane le sorrise. "Benissimo. Devo confessarti ancora una volta che sono elettrizzato di essere qui. In realtà sto cercando una casa sull'isola di Star Gazer perché mi piace molto la zona. Sarà una fatica tornare tutti i giorni in città dopo il lavoro. Sono pronto a condurre una vita più tranquilla e voglio essere più vicino al ristorante, così arriverò qui in un battibaleno. In questo modo, se dovesse capitare un momento di crisi durante il mio giorno libero e avrai bisogno di me, basta alzare la cornetta."

A quelle parole, Lisa sentì le budella attorcigliarsi e il modo in cui reagì a quell'uomo la colse di nuovo alla sprovvista. "Ottima idea." Ovviamente dal punto di vista lavorativo… Quel formicolio doveva assolutamente sparire. Lei non era attratta da lui. Non lo era. No, ne ammirava solo il talento.

* * *

"Allora, la mia domanda è questa," esordì Nina mentre passeggiava sulla spiaggia con Alice e Ranuncolo. Erano le due del pomeriggio e aveva chiamato la futura suocera per chiederle se avesse del tempo per una passeggiatina.

Alice si era entusiasmata e si era resa subito disponibile.

"Ho guardato il calendario e ho contattato tutta la

famiglia. È venuto fuori che tutti hanno un weekend libero tra quattro settimane, quindi penso che ci sposeremo in quei giorni. Io posso mettermi d'impegno per abbellire il giardino e inviare le partecipazioni, e chi c'è, c'è. Basta che ci sia la famiglia. È questa la cosa più importante per noi. La domande cruciale è: tu riusciresti a staccare quel fine settimana… Insomma, almeno il sabato pomeriggio?"

Alice la strinse a sé in un abbraccio soffocante. "Staccherei in qualunque momento per partecipare al vostro matrimonio. Sarà un weekend meraviglioso e posso darti tutto l'aiuto che desideri."

"Alleluia! Speravo potessi. Sarebbe bello se mi aiutassi con le decorazioni, ma solo se hai tempo nella settimana prima del matrimonio."

"Non perderei l'occasione per nulla al mondo. Mi piacerebbe offrire il ristorante, ma a questo punto non potrò chiedere a Lisa di cucinare per tutti. Chi potremmo ingaggiare come cuoco? Sicuramente ti sarai già organizzata per quanto riguarda tutto il resto."

Le due stavano passeggiando lungo l'incantevole spiaggia. "Ho chiamato un'ottima fioraia in città che ha accettato senza riserve. Poi c'è Reba, di Reba's Wedding Delights, che si occuperà del catering e della torta. La sua attività va alla grande."

"Che brava. Sono colpita ed emozionatissima."

"Io sono talmente entusiasta che stento a crederci," aggiunse Nina. "Lo sarà anche tuo figlio, quando gli darò la notizia. Sarà elettrizzato."

"Ma sai se quel sabato sarà libero?"

Nina rise. "Sì, e credimi, mi ha già detto che mollerà qualsiasi impegno pur di sposarmi, ma non voglio che lo faccia. Desidero solo che passi una bella giornata, e che la data vada bene per entrambi. A ogni modo, appena avremo finito la passeggiata gli darò la notizia e festeggeremo. Elaborerò subito un piano e ti farò sapere. Ho già chiesto al resto dei parenti e sono tutti super emozionati. So che hai un'attività e lavori quasi tutti i fine settimana, ma mi hai migliorato la giornata. Speriamo che venga anche Seth. Non gliel'ho chiesto perché so che non lavora il sabato, quindi sicuramente non sarà un problema."

"Stasera usciamo insieme, posso chiederglielo io. Dato che lavoro quasi tutti i giorni, ne ho preso uno libero. Mangeremo fuori e passeremo un po' di tempo insieme."

"Be', allora possiamo prenderci un minuto per parlarne. Io credo che Seth sia pazzesco. Siete solo amici o avete cominciato ad avvicinarvi seriamente? Voglio dire, l'impressione è quella, ma non voglio fare supposizioni.”

Alice rise sotto i baffi. “In realtà siamo diventati una coppia. Be’, non siamo andati fino in fondo. Gli ho dato solo qualche bacetto.”

“Che emozione. Magari stasera farete il passo successivo.”

“Forse. Sai, all’inizio è stato un po’ strano, passare dalla vedovanza all’apertura di un ristorante e adattarsi a una vita completamente diversa da quella che avevo con William quando era vivo, ma sinceramente ci sto facendo l’abitudine e Seth mi ha aiutata. Insomma, ci è passato anche lui, e per più tempo di me, quindi non mi ha messo alcuna pressione. È un uomo straordinario. Conoscerlo è stata una benedizione.”

“Sono d’accordo, non posso fare a meno di chiedermi se lo sposerai.”

Alice sentì un tremolio interno. “Forse. Insomma, mi piacerebbe, ma per ora abbiamo intenzione di restare dove siamo. Dovrei abituarmi all’idea di essere di nuovo sposata, e non solo per la perdita del mio primo amore, ma perché non riesco a immaginare di dover affrontare di nuovo quel percorso, quindi devo farci l’abitudine.”

“Immagino sia difficile, ma da quanto ho visto il vostro approccio a questa relazione, sembra vi venga naturale. Sai cosa intendo, vero?”

"Sì, comunque basta parlare di me. Meglio tornare, così potrai andare a dare la bella notizia a mio figlio. Non vedo l'ora che lo sappia."

Nina sorrise. "Be', sinceramente non potrei essere più d'accordo. Facciamo marcia indietro e torniamo verso casa. Mi hai proprio migliorato la giornata."

CAPITOLO SEDICI

Seth stava passando una serata splendida. Era passato a prendere Alice e avevano fatto una breve gita in barca. Poi l'aveva sorpresa portandola da lui. Quella sera aveva cucinato per lei. Alice non aveva ancora visto il posto in cui viveva. Mentre la barca scivolava sull'acqua, verso l'abitazione, la donna spalancò la bocca.

"Quella è casa tua? È stupenda. Voglio dire, caspita!"

"Sono contento ti piaccia. L'ho adorata dal primo momento in cui l'ho vista." Seth accostò la barca al molo e la legò. L'attimo dopo stavano camminando verso il patio sul retro e lui aprì le doppie porte che conducevano all'interno della casa. Lasciò entrare Alice nell'open space, dove c'erano la cucina e il salotto.

"Non è gigantesca, ma mi rappresenta. È molto accogliente e c'è spazio per una festa, in caso volessi organizzarne una. Due camere da letto, questo grande salotto e una bella cucina."

Alice si girò verso Seth. "Mi piace anche come l'hai arredata, e c'è un odorino delizioso."

"Bene allora, ho preparato della platessa ripiena."

"Non vedo l'ora di assaggiarla."

"Mi fa piacere. L'ho lasciata in caldo, spero non si sia scotta. La temperatura era molto bassa."

"Sono sicura che è perfetta."

Nel giro di qualche minuto, si erano lavati le mani e avevano portato i piatti col cibo sul tavolo del patio. Seth accese tre candele e, mentre il sole tramontava all'orizzonte, si sedettero. Aveva cucinato un pasto semplice: pesce, patate al forno e panini. Gli piaceva cucinare, ma non in grande.

Mangiarono, parlarono di lavoro e del matrimonio alle porte. Seth era strafelice di essere libero quel giorno, perché ci sarebbe andato con Alice. "Sono molto contento per quei due. Da quanto ho capito, tra gli impegni di Jackson e quelli di Nina, ci sarebbe voluta un'eternità per organizzare la cerimonia, quindi trovare un posto libero tanto velocemente è un grande vantaggio."

"Sì, è vero. Non ho idea di cosa succederà quando si trasferirà al ranch. Non so se affitterà o venderà il cottage, ma avrò un nuovo vicino."

"Be', la mia è solo un'idea… ma hai pensato che magari potresti comprarlo tu o prenderlo in affitto, così non dovrai vivere per sempre alla locanda?"

"Oh, no, non ci ho pensato. Mmmh, non lo so. No, non andrebbe bene per me… È meglio se rimango dove sto."

A Seth faceva piacere sentire quelle parole perché sperava che un giorno sarebbe andata a vivere con lui. Il fatto che non pensasse di investire i soldi in un posto tutto suo gli scaldava il cuore, lo rassicurava.

"Si troverà una soluzione, ne sono certo."

"Hai ragione."

"Allora, parlami del nuovo chef."

"Credo stia andando alla grande. È pazzesco. Sai, ha gestito quell'altro ristorante per tanti anni e ha un'ottima reputazione. È un tipo a posto, da quanto so. Insomma, ogni tanto scrivono di lui nelle riviste. Ha tanti anni di esperienza alle spalle e il suo nome è talmente noto da aver fatto guadagnare loro dei soldi. Per quel poco che l'ho conosciuto, mi sembra una brava persona. Inoltre, era determinato a lavorare per Lisa, e questo mi fa capire che è una persona molto intelligente. A detta di Lisa, sta per trasferirsi sull'isola. È stufo di vivere a Corpus. Immagino abiti vicino al vecchio posto di lavoro e probabilmente è pronto per un cambiamento. Sappiamo entrambi che non c'è luogo migliore di questo. Amo questa zona."

"Anch'io. Insomma, dopo la morte di Jen non mi ci è voluto molto per abbandonare la città e trasferirmi qui. È qui che sono venuto per rimettermi in carreggiata, e poi non sono più riuscito ad andarmene. Non avevo più bisogno di un lavoro tanto importante e mi è sempre garbato aggiustare e costruire, mi ha aiutato dal punto di vista mentale ed emotivo. Per non parlare della barca… Passare del tempo sull'acqua è stata una manna dal cielo. È stata praticamente la medicina di Dio. Non potevo rinunciarci… Non potevo abbandonare tutto. Quindi sì, posso capirlo."

"Non so se abbia dovuto passare periodi particolarmente difficili ed emotivi, nella vita, che magari potrebbero essere responsabili della sua voglia di cambiamento. Secondo me è solo pronto per qualcosa di bello."

"E va benissimo così. Sai, non lo conosco bene, so solo che quel ristorante è molto famoso, ma lei aveva bisogno di un aiuto. Prima di aprire la locanda, sapevo fosse impossibile che quella donna talentuosa riuscisse a gestire il ristorante da sola per tanto tempo. Quindi mi aspettavo che assumesse qualcuno già dall'inizio."

"Anch'io, ma credo che Lisa abbia voluto plasmare quel posto secondo i suoi dettami, prima di assumere qualcuno. Sai, per adeguarsi al ritmo e perfezionare tutte le ricette. È davvero oberata di lavoro e di conseguenza è esausta e non riesce a riposare molto. Certo, io non sono lì stasera, ma lui sì. Lisa lo osserva e gli insegna i propri trucchi, e di questo ne sono entusiasta.”

“Sono d’accordo. Devo proprio dirtelo, la locanda è un posto magnifico ed è sulla bocca di tutti in città. Sul serio, ho notato che a pranzo, e anche a cena, viene ogni sorta di gente. Ti confesso che in questo momento sono contento che, invece di stare lì, sei a cena a casa mia a gustarti il pasto che ti ho preparato.”

Alice gli sorrise. “Anch’io.”

Poi, con grande sorpresa di Seth, la donna si sporse dalla sedia all’angolo del tavolo, gli prese il viso tra le mani e gli fece scivolare la mano dietro al collo, lo attirò a sé e lo baciò.

Alice lo baciò… Oh sì, Seth era in estasi.

* * *

Lei lo stava baciando. Alice l’aveva pianificato, ma nell’abbraccio avvolgente di Seth, tremava. I due si sporsero dalle rispettive sedie fino a perdersi nel vortice di passione.

Alla fine lui si scostò e sorrise. “Adesso mi sento molto felice. È un po’ che sogno un bacio del genere da parte tua.”

145

"Be', mi ci è voluto un po' per decidermi a fare questo passo. Voglio dire, sto facendo progressi, ma abbandonarmi a quello che ora penso sia un sentimento piuttosto forte è tutt'altra cosa."

Seth le prese il viso tra le mani. "E come ti senti?"

"Splendidamente. Spero anche tu."

"Oh, certo che sì. Hai finito di mangiare?"

"Sì, non mi è rimasto più nulla nel piatto."

Seth sorrise, si alzò in piedi, la prese per le mani e la aiutò ad alzarsi. Le fece strada verso un divano a dondolo ai margini della veranda, poi si sedettero e guardarono l'oceano.

"Sono contenta di averti nella mia vita," disse Alice.

Seth le prese la mano e la strinse delicatamente. "Anch'io. Non mi sarei mai sognato di intraprendere una nuova attività che mi avrebbe portato a te, all'amore."

La donna lo guardò negli occhi, che erano pieni di commozione mentre proferiva quelle parole, poi annuì. "Concordo. Ti amo davvero, Seth, e sono grata che il cielo ci abbia messo sullo stesso sentiero."

Alice non riusciva ancora a capacitarsene. Quando Dio si era preso William, lei si era sentita devastata e le ci erano voluti quasi due anni per rendersi conto di aver bisogno di una nuova vita; per capire che aprire la locanda era proprio ciò che voleva. Tuttavia, non si era proprio aspettata di trovare un nuovo amore. "Allora direi che stiamo per cominciare una nuova vita."

"Così sembra, ma non sentirti obbligata nei miei confronti solo perché abbiamo dato sfogo ai nostri sentimenti. Al momento hai molte questioni in ballo e lo capisco."

"Mi sembra un ottimo piano. Sono felicissima di aver ufficializzato la nostra relazione."

Seth la strinse a sé. Aveva degli occhi bellissimi che trafissero quelli della donna. Alice sentì un formicolio al petto e tutti i nervi del corpo presero a danzare.

"In questo momento sono semplicemente molto fortunato e felice," concluse lui, dopodiché si avventò sulle labbra della donna.

CAPITOLO DICIASSETTE

Dallas aveva caricato Lorna e il dolce bambino addormentato in macchina, ed erano partiti in direzione della casa di famiglia: il ranch McIntyre.

"Allora, conoscerò alcuni dei tuoi fratelli?" chiese Lorna.

Il mandriano le sorrise. "Sì, di sicuro mio fratello maggiore Jackson, che è a capo del ranch. È quello che sta per sposare Nina. Speravo ci fosse anche lei per presentartela, ma aveva un appuntamento di lavoro. In ogni caso, ci saranno anche gli altri due, Riley e Tucker."

"Bene, non vedo l'ora che me li presenti. Avete una tenuta mastodontica o sbaglio?"

"Più o meno. Il passato della nostra famiglia è tutto lì. I McIntyre ci vivono da sempre, ma mio padre, mio nonno e il mio bisnonno hanno continuato a costruire la tenuta per generazioni, poi mio padre l'ha trasformata in un'azienda colossale. Ora il presidente della società è Jackson. Ha proprio l'atteggiamento giusto, sai, gli piace molto relazionarsi con la gente e ci sa fare. Assomiglia tanto a papà. A Tucker, invece, piace lavorare al ranch, quindi si occupa della parte pratica e se la spassa.

"Poi ci sono io, che amo il rodeo, quindi, come avrai capito, non sono coinvolto nell'attività. Però mi piace fare l'allevatore e devo dirti che da quando ho cominciato a lavorare alla tua tenuta, che è più piccola, mi sto davvero divertendo. Diciamo che ci siamo tutti goduti la nostra libertà di scelta. Poi c'è Riley." Dallas le rivolse un grande sorriso.

"A lui piace stare lì, ma è un tipo molto creativo e in realtà sta cercando di dare vita a un campeggio glamour. Possediamo un bel pezzo di fascia costiera e il suo piano mi intriga parecchio, anche se non ne abbiamo parlato molto. Ho la netta sensazione che lo porterà a termine. Insomma, a dirti la verità sarebbe fantastico avere una struttura simile. La gente si riverserebbe qui a godersi le bellezze locali. Credo si stia indirizzando perlopiù verso i gruppi. Sai, campeggiatori che vogliono venire qui a passare dei momenti speciali. Uno dei settori, o meglio l'unico su cui si sta focalizzando, è quello delle donne."

"Che famiglia meravigliosa. Riley mi incuriosisce.

Ci sono un sacco di donne single a cui piace imbarcarsi in queste attività e, da rappresentante della categoria, posso dire che non è facile caricare la macchina e dedicarsi al divertimento. Esistono donne che creano gruppi che si riuniscono per passare del tempo insieme, quindi suppongo ci siano combriccole di campeggiatrici che amerebbero un posto simile."

Dallas lanciò uno sguardo alla strada e poi di nuovo a Lorna. "Hai centrato in pieno il punto. È proprio quella l'idea. Un giorno Riley stava tornando a casa e si è fermato a fare benzina. Lì ha incontrato una donna con una piccola roulotte. Hanno parlato per tipo un minuto e credo gli sia piaciuta molto. Non gli ha neanche detto come si chiamava, si è infilata in macchina ed è andata via, però gli aveva raccontato del posto in cui era stata, del campeggio e del gruppo con cui aveva passato il fine settimana. Da quell'incontro Riley ha cominciato a pensare e non si è più fermato. Sinceramente non ho ancora capito se è stata lei o il campeggio a incuriosirlo, ma in ogni caso… è interessante."

"Davvero! Sarà divertente vedere che succede."

"Lo penso anch'io. Comunque, ora sai tutto dei miei fratelli."

Dallas accostò nel vialetto. Lorna vide il cancello del ranch e sorrise.

"È carino, vero? Be', mio padre si sarebbe

arrabbiato se avesse sentito la parola 'carino', ma mia madre lo diceva sempre."

"Sì, e aggiungerei professionale."

"Esatto! Eccoci."

Attraversarono la lunga stradina che portava all'abitazione, dopodiché Dallas parcheggiò. Prima che aprissero le portiere, i fratelli fecero capolino dal fienile e dalla casa. Si avvicinarono tutti al veicolo mentre Dallas tirava fuori il seggiolino.

"Ehi ragazzi, siamo arrivati. Vi presento Lorna e Landon."

"Ciao, io sono Jackson. È un grande piacere conoscervi. Sono contento che mio fratello sia riuscito ad aiutarti e che tu e il bambino stiate bene."

"Io sono Tucker. Lietissimo di conoscere te e Landon. Siamo tutti contenti che siate riusciti a superare quell'intoppo, che Dallas fosse a casa e ti abbia sentita e trovata."

"Anch'io," replicò Lorna.

"E io sono Riley. Mi fa piacere che tu stia bene, e anche quel bel pargolo. È stata una giornata dura ma gratificante. Sai, un giorno potrebbe significare qualcosa di più." Riley passò lo sguardo da Dallas a Lorna. "Chi lo sa? Il vostro incontro potrebbe riservarci delle sorprese. So per certo che la sua spalla sta meglio. Credo sia quasi guarita, quindi è un bene. Sei stata una benedizione per lui, perché se fosse rimasto qui al ranch, si sarebbe annoiato da morire. Non si sarebbe potuto distrarre prendendosi cura di te, di Landon e della tenuta."

Lorna sorrise. "Be', hai ragione. Averlo nella mia vita è una vera fortuna. Non so ancora come sia potuto succedere. Insomma, quando sono entrata in travaglio sulla spiaggia, ero completamente sola, quindi pensavo che la mia vita stesse per sgretolarsi, poi è arrivato lui. È stato come una benedizione che correva sulla sabbia, e gliene sarò grata per sempre."

Tutti i fratelli le rivolsero un sorriso. La ragazza ricambiò. Aveva la stranissima sensazione che ciascuno di loro sperasse che lei e Dallas si mettessero insieme, e lei andava pazza per quell'idea.

* * *

Dopo aver presentato a Lorna tutta la famiglia, lei e Dallas si infilarono in macchina e il cowboy le mostrò una parte del ranch. Non c'era verso di vedere le migliaia di ettari appartenenti al ranch in una sola volta o in un solo giorno, ma vista la curiosità della ragazza, Dallas voleva che lei conoscesse il posto in cui era cresciuto, così la portò ad ammirare un paio dei punti che gli piacevano di più da bambino. Le mostrò la parte del fiume in cui nuotavano da piccoli, che era comunque un bel paesaggio da vedere. Era una zona stupenda. Lorna se ne innamorò. In seguito si recarono sulle alte colline che dominavano molte delle altre aree del ranch e si sedettero lì. Il panorama era mozzafiato.

"Il tramonto qui è sbalorditivo," commentò Dallas. "C'è così tanto da ammirare e vedere, e le nuvole… Quando ci sono le nuvole, il cielo è bellissimo, e tutti quei pascoli… Si riesce a vedere il fiume che li attraversa e anche il bestiame. È semplicemente uno dei miei posti preferiti."

"Lo adoro. Guarda quant'è grande."

Dallas rise sotto i baffi. "Sì, è vero. Una delle cose che ho imparato da piccolo è proprio quanto sia enorme. Ha un'area di circa ottantamila ettari. Ora in Texas ci sono un sacco di tenute anche più estese, ma rispetto a tantissime altre, questa è enorme."

"Mastodontica." Lorna rise di sottecchi.

"Sai, questo posto ha le sue bellezze, i suoi posticini speciali, ma anche il tuo terreno. È bello per essere di trentaseimila ettari, ed è pieno di animali."

"Hai ragione. Se lo dici tu, ci credo." Lorna sorrise.

"Sì, so che te lo dico un po' troppo spesso, ma è la verità. Amo quella tenuta."

Lei gli sfiorò la mano. "Mi fa piacere."

Dallas ricambiò il sorriso, fece retromarcia e tornò

alla zona principale. Quando accostò vicino al fienile, spense il motore e i due uscirono dall'auto. Lui prese Landon ed entrarono.

"È qui che mettiamo i cavalli con i nuovi puledri. Al momento ne abbiamo due. Mi pare abbiano circa cinque settimane." Le fece strada dove c'erano due stalle e due puledri.

"Sono adorabili. Mi chiedo se qualcuno dei miei cavalli avrà dei cuccioli."

"Non lo so, ma ho la sensazione che tre di loro ne avranno. Esaminerò i documenti e vedrò di rintracciare le date. Sono sicuro che ci avrà pensato Lewis. Successivamente decideremo cosa farai con alcuni dei puledri, dato che sono tutti di età diverse. Va bene se vuoi venderli. Se invece vuoi che raggiungano i due anni prima di venderli, magari possiamo addestrarli e assicurarci che siano perfetti per i clienti, e non dei piccoli selvaggi. Li potremmo vendere a un prezzo più alto."

Lorna gli lanciò uno sguardo. "Sai che non ho idea di come addestrare un cavallo, quindi se volessimo farlo, toccherebbe a te."

Gli occhi di Dallas brillarono. "Sì, signora."

La ragazza sogghignò. "Allora ci sto."

"In tal caso, stavo pensando… Mio fratello maggiore si sposerà tra circa quattro settimane e mi chiedevo se tu e quel fagiolino vorreste venire con me al matrimonio…"

"Oh, sarebbe bellissimo. Mi piacerebbe tantissimo venire con te. È un invito splendido."

L'attimo dopo, con occhi luccicanti, Lorna si fece avanti e lo baciò. Dallas si lasciò andare: per quanto lo riguardava era stata una buona idea… Un'idea meravigliosa.

CAPITOLO DICIOTTO

"Sono felicissima che siate stati bene." Alice rivolse un sorriso alla coppia, gli Steward. Avevano alloggiato lì per quattro giorni e si erano goduti a pieno il soggiorno alla Star Gazer Inn. Avevano fatto delle passeggiate in spiaggia e gustato colazione, pranzo e cena quasi sempre alla locanda. Avevano anche provato un paio di ristoranti locali, ma tornavano sempre lì per la cucina di Lisa. Inoltre, si erano innamorati dei giardini. Alice li aveva notati molte volte seduti su una delle panchine, a godersi la compagnia e guardare il tramonto.

Dopo la loro dipartita mano nella mano, la padrona di casa sorrise. Adorava guardare la gente che stava bene insieme. Le piaceva sapere di aiutare qualcuno a conoscere meglio il partner o a vivere la vita al meglio. Non c'era nessun aspetto della vita al B&B che la deludesse.

"Che sorriso." Lisa uscì dalla sala.

"Sì, stavo solo pensando a quanto mi piace questo posto e a quanto la gente adori venire qui."

"Così sembra. Io ricevo molti complimenti in cucina e ciò mi rende tanto felice."

Alice scrutò la migliore amica. "Allora, racconta, come se la sta cavando il nuovo chef?"

Lisa fece un respiro profondo e aggrottò la fronte. "È davvero bravo, fantastico, tutti gli aiutanti lo adorano. Sono molto sorpresa del modo in cui segue le mie istruzioni. Sai, è uno chef molto rispettato, quindi è sbalorditivo. Molti clienti sono rimasti entusiasti quando hanno saputo che c'era lui ai fornelli. Alcuni lo vedono perfino dalla sala e in realtà mi innervosisco un po' per tutto quell'entusiasmo."

"Sei gelosa?"

"Be', potrei, ma in realtà non lo sono, perché dicono che apprezzano molto i nostri piatti e che, considerando il suo talento, è fantastico che mi stia aiutando. Quindi alla fine molti di loro li fanno a me, i complimenti. So che è brutto da dire, però bisogna riconoscere che mi sono impegnata al massimo per arrivare fin qui e voglio godermi le lusinghe. Avevo davvero bisogno di tutto questo."

Alice strinse a sé l'amica e l'avvolse in un abbraccio laterale. "Te le meriti tutte, e secondo me hai fatto bene ad assumerlo. A lungo termine formerete una squadra fortissima."

"Spero tu abbia ragione. Anzi, *hai* ragione. Prendi ora, per esempio, dato che la colazione è finita, vado a casa per un po', *in pieno giorno*. Non vado nella saletta relax che hai messo su fuori dal tuo ufficio. Grazie a Zane, sto andando *a casa*."

Alice rise. "Be', mi fa tanto piacere. Quindi potrai saltare il servizio a pranzo?"

"Sì, andrò a casa e mi godrò cinque ore tutte per me prima di tornare alle quattro."

"Bene, è proprio quello che dovresti fare. Vai, non vorrai sprecare tempo prezioso."

"No, affatto. Zane mi ha detto di rilassarmi, che si sarebbe assicurato di gestire il servizio secondo i miei standard e che stasera avrebbe voluto altre lezioni, così presto riuscirà a occuparsi anche della cena, quando vorrò una serata libera."

"Be', sembra allettante. È proprio quello giusto. Ora vai a rilassarti, goditi il tempo libero e lascia che sia lui a occuparsi di tutto."

Alice la guardò uscire dalla porta d'ingresso. Di solito entrava e usciva dalla porta laterale della cucina. Prima dell'apertura, Alice era sempre lì, ma ormai la cucina era aperta a tutti gli effetti e oberata, e alla reception c'era bisogno di lei, così Lisa era andata nella hall per vederla. Erano entrambe felici e indaffarate. La locandiera era elettrizzata per l'amica; si meritava quel nuovo chef. Sembrava molto determinato a far funzionare quella collaborazione, e Alice se ne rallegrava molto.

* * *

All'alba, Nina portò Ranuncolo a fare una passeggiata. Mancavano due settimane al matrimonio ed era proprio emozionata. La prima settimana in cui avevano deciso di organizzare le nozze, lei e Alice avevano collaborato per mandare le partecipazioni. Si erano un po' limitate col numero di invitati e si aspettavano almeno duecento persone. La sposa non era originaria di quella zona, quindi non sapeva quanta gente delle sue parti si sarebbe presentata, ma lei aveva voluto invitarli comunque, in caso volessero venire.

Quel giorno sarebbe tornata all'atelier per provare il vestito da sposa. Le fasciava perfettamente le curve e si allargava una volta alle ginocchia. Era smanicato, con lo scollo a V. Non era esageratamente elegante e non era nemmeno bello come molti di quelli che aveva visto e ammirato lì, ma per lei andava bene. Nina se n'era innamorata. Doveva essere ripreso un po' sul seno, perché lei non era abbastanza prosperosa per quell'abito, e anche un po' in vita. A ogni modo, non stava nella pelle all'idea di provarlo.

Era quasi al cancello della casa quando notò Alice e Lorna. Aveva incontrato la ragazza una volta sola, così si voltò e si incamminò verso di loro. In quel momento anche le due donne la notarono. "Andate a fare una passeggiata? È la mattinata perfetta."

"Sì." Alice la abbracciò. "Che bello vederti e farti rivedere Lorna. Stavamo giusto parlando del matrimonio."

"Non sai quanto mi emoziona poter venire. Spero non ti dispiaccia che Dallas mia abbia invitata."

"No, affatto. Avrei dovuto già metterti in lista. Tutti gli invitati sono liberi di portare qualcuno, ma tu sei un'invitata ufficiale."

Alice toccò il braccio di Nina. "Non ti preoccupare, le ho inviato io la partecipazione. Anche se vi siete incontrate solo una volta."

"Be', sono piuttosto sicura che in futuro ci vedremo più spesso."

"Lo spero," rispose Lorna. Sembrava sincera.

"Allora, che state facendo? Che batuffolino adorabile!" La ragazza allungò la mano e accarezzò la pancia del bambino. "Posso tenerlo in braccio per un minuto?"

"Certo." Lorna glielo passò e Nina prese volentieri il bel neonato.

Era prontissima per averne uno. Ne avrebbe parlato con Jackson e sperava che anche lui lo sarebbe stato presto. La futura sposa guardò le due. "Mi sento pronta ad avere un bambino."

"Non credo che mio figlio avrà da ridire. Sono sicura che realizzerai il tuo desiderio al più presto."

"Lo penso anch'io. Landon è un amore," commentò Nina, poi ripassò il neonato alla madre.

"Abbiamo mandato tutte le partecipazioni. Il cibo è stato ordinato e le decorazioni aspettano solo di essere appese, quindi è tutto pronto. Ora vado a provare il vestito. Hanno fatto quelle poche modifiche di cui avevo bisogno quindi, per quanto sia difficile da credere, siamo quasi pronti."

"Fantastico, sarà splendido." La futura suocera la abbracciò di nuovo.

"Sarà bellissimo, ne sono certa," aggiunse Lorna. "Non vedo l'ora, e ti assicuro che Dallas è elettrizzato. Sa quanto tu renda felice il fratello, e lo è anche lui."

A Nina piaceva la situazione che si era creata. "Mi hai appena migliorato la giornata. Voglio bene a Dallas e sono tanto contenta che sia a casa e in via di guarigione. È tutto merito tuo, che sei entrata nella sua vita. Scusa, non posso fare a meno di chiedertelo… So che non è affar mio, ma come sta andando tra voi due?"

Nina sapeva che sarebbe stato meglio non fare quella domanda. Aveva visto l'espressione leggermente sconvolta sul viso di Alice, però non era riuscita a resistere. "Mi sa che sono stata un po' indiscreta."

Lorna si morse il labbro come se stesse pensando. "Sono pazza di lui, e lui di me. Mi ha detto che mi ama, e io ho ricambiato, quindi ci siamo cascati con tutte le scarpe… in senso positivo. Mi ha aiutata immensamente e proprio per questo, mentre mi innamoravo di lui, ero molto preoccupata che rimanesse turbato. Fortunatamente prova lo stesso sentimento, ma ci stiamo muovendo a piccoli passi. Non vogliamo essere troppo precipitosi."

Nina e Alice si sporsero verso Lorna e abbracciarono lei e Landon. Entrambe si congratularono prima di mollare la presa.

"Che meraviglia," commentò la futura sposa. "È un ragazzo straordinario, e credo che tu sia proprio quello di cui aveva bisogno, come lui lo è per te."

"Esattamente," concordò Alice. "Voglio solo dirvi che mi sento una madre appagata. Nina, meglio che tu vada a sbrigare le tue faccende. Se c'è qualcosa che posso fare per te, chiamami. Lorna, andiamo a passeggiare e chiacchieriamo un po' prima di far fare un riposino al bambino."

"Ciao! Divertitevi." Nina sorrise mentre le guardava incamminarsi sulla spiaggia. Dopodiché si voltò, tornò al cancello ed entrò in casa. "Ranuncolo, credo sia appena successa una cosa bellissima. Mi piace molto quella ragazza e credo stia rendendo il mio futuro cognato molto felice. Forse ci sarà presto un altro matrimonio. Lo spero."

* * *

Lorna si recò in città con la macchina e parcheggiò sulla via principale. C'erano numerosi negozi di abbigliamento femminile, e sperava di trovare un abito da indossare alla cerimonia. Si era sentita super elettrizzata per l'invito e voleva essere bellissima. Amava Dallas; era formidabile. Ogni secondo insieme era un'opportunità per dimostrargli ciò che provava, e per quell'evento sapeva di volere un abito mozzafiato.

Era un po' invidiosa per il matrimonio di Jackson, e non poteva fare a meno di sperare che un giorno anche lei potesse far parte della famiglia McIntyre. Sperava con tutto il cuore che succedesse, ma non poteva mettergli fretta. Ciononostante, poteva impegnarsi per

163

essere al meglio. Uscì dall'auto, aprì la portiera posteriore e sollevò il seggiolino. Landon si era addormentato, quindi fece molta attenzione. Entrò nel primo negozio. Era piuttosto carino.

La ragazza sorridente si avvicinò a lei da dietro il bancone. "Buongiorno, io sono Carol. Se ha bisogno di qualcosa, sono qui. Sta cercando… qualcosa di specifico?"

"Buongiorno, io sono Lorna. In realtà stavo cercando un abito da cerimonia."

"Lei è la sposa?"

"No, sono un'invitata. Sarà un matrimonio all'aperto, in un ranch."

Carol sorrise facendo un cenno con la mano mentre attraversava la corsia. "Forse ho qualcosa che potrebbe piacerle. Ha fatto bene a scegliere questo negozio. Abbiamo vestiti da cerimonia per tutti i gusti. Sono disponibili anche degli abiti bianchi e color crema molto eleganti, nel caso qualcuno venga in città e decida di sposarsi all'improvviso. Ovviamente quelli color crema possono essere indossati anche dalle invitate, non solo dalle spose."

"Proprio per questo ho chiesto consiglio alla mia amica, è stata lei a suggerirmi questo negozio. Ha detto che avete molta scelta." Lorna era grata che Alice sembrasse saperne sempre una più del diavolo. Le bastò uno sguardo all'espositore per capire che quel negozio era ben fornito.

"Possiamo cominciare da qui. Vuole mettere il bambino a terra e dare un'occhiata da sola, o preferisce sedersi lì, così glieli li porto io?"

"Non è un problema. Lo lascio qui e mi prendo un po' di tempo per sceglierli. Dov'è il camerino?"

"Proprio lì." La commessa puntò alla stanza di fronte all'espositore.

"Perfetto. Do un'occhiata a questi e ne prendo qualcuno, poi porto il bambino dentro e comincio a provarli."

Carol sorrise e guardò Landon. "È adorabile. Sembra si sia addormentato proprio per darle una mano."

"Ho cercato di venire all'ora del pisolino, così è più tranquillo e io posso concentrarmi sugli abiti."

La commessa le fece l'occhiolino. "Be', ha fatto benissimo. Mi chiami se ha bisogno. Qualora le servisse una taglia diversa, posso prenderla io."

"Va bene, grazie."

Quando Carol si allontanò, Lorna mise il bambino nel camerino. Aveva lasciato la porta aperta per tenerlo d'occhio, così da non spostarlo. Poi si voltò e cominciò a rovistare tra gli abiti. Non le ci volle molto per accumularne un gran quantità nel camerino. Alcuni erano più lunghi, altri arrivavano a metà coscia; non sapeva davvero cosa volesse, ma aveva la sensazione che la scelta sarebbe ricaduta su un abito lungo.

Entrò nel camerino e quando provò il terzo vestito, se ne innamorò. Era beige chiaro. Le stava a pennello e le ricadeva proprio sulle caviglie. Indossò un paio di tacchi abbinati, che conferivano all'abito una lunghezza e un aspetto peculiari. Lo amava. Con un sospiro e un sorriso, inspirò profondamente, fece una giravolta ed esaminò il look. Nonostante la luce fioca, sapeva che quello era il vestito giusto. Si rivestì e portò l'indumento e il bambino fuori dal camerino.

"Ha scelto uno dei miei preferiti, e quel colore… le sta d'incanto," asserì Carol.

"Mi calza a pennello. Ora, se solo potessi trovare un paio di scarpe color crema da abbinare, sarò a posto."

"Noi non ne vendiamo, ma c'è un negozio di calzature a tre civici da qui. Ho la sensazione che lì troverà quello di cui ha bisogno." La commessa batté il vestito alla cassa, lo appese a una gruccia e lo ricoprì con un involucro in plastica, dopodiché glielo passò. "Spero tornerà a provarne degli altri. Facciamo del nostro meglio per avere dei capi che possano piacere a tutti."

"Tornerò sicuramente. Solo che non sono ancora pronta a comprare molti abiti nuovi, dato che ho partorito da pochissimo e devo tornare in forma."

"Noi siamo qui. La proprietaria ha questo negozio da anni, quindi l'aspettiamo appena si sentirà pronta."

Lorna sorrise, poi uscì dal negozio, emozionata di aver trovato quello di cui aveva bisogno. Era certa che Dallas l'avrebbe adorato, ed era esattamente come l'aveva immaginato quando si era messa alla ricerca del vestito perfetto.

CAPITOLO DICIANNOVE

Dallas aveva ricevuto una chiamata dal manager che lo aiutava a gestire tutti gli sponsor. Era grato di avere quel supporto. Per quel motivo, prestava il proprio volto per spot televisivi e digitali, e sapeva che era arrivato il momento di ricominciare. Tuttavia, con la spalla in quelle condizioni, aveva dovuto posticiparne molti.

"Dallas, abbiamo un paio di pubblicità da fare. Stai… la tua spalla sta meglio? Ci serviresti giusto per un paio di giorni di riprese."

Il cowboy fece un respiro profondo. Non gli avrebbe ancora detto che il ritiro dal rodeo era ormai sicuro. A volte ci si poteva tenere gli sponsor e continuare a fare pubblicità anche dopo aver abbandonato la carriera sportiva. Dipendeva da loro e da cosa cercavano. Lui non ne aveva bisogno; aveva l'eredità di famiglia ed era riuscito a mettere da parte i soldi delle réclame, quindi la situazione era diversa. Era molto fortunato, davvero, ma si sentiva in colpa a lasciarli sulle spine.

"Ci sono. Dove e quando? La mia spalla sta molto meglio e finché sto attento a non strafare, non c'è nessun problema." Non aggiunse che non sarebbe mai guarita completamente o che cavalcare un toro senza sella gliela avrebbe conciata di nuovo per le feste.

"Sono contento che tu stia meglio. Stavamo pensando a questo fine settimana, se ce la fai. Al maneggio del ranch vicino Fort Worth." Si trattava di un grande sponsor che aveva una piccola tenuta usata per testare gli esaltatori di gusto sul bestiame che allevavano. Era a circa cinque ore di macchina, non troppo lontano, ma se erano necessari due giorni di riprese e un giorno per arrivarci, in totale ce ne sarebbero voluti quattro, tra andata e ritorno. *Poteva andarsene per quattro giorni?*

Mentre era via, avrebbe potuto delegare il lavoro ai due aiutanti, che si sarebbero occupati del bestiame e di riparare le staccionate. Nel caso Lorna avesse avuto un'emergenza, ci sarebbero stati loro. Era certo che la ragazza non avrebbe avuto problemi, ma non poteva fare a meno di impensierirsi. Ormai faceva la spesa da sola ed era persino andata a prendere l'abito per l'imminente matrimonio di Nina e Jackson. Poi c'era stata quella serata passata sull'altalena della veranda. Era assolutamente pronto a sposarsi e non poteva negarlo. Era ansioso di chiederglielo, ma fino a quel momento non era riuscito a convincersi.

"Mi piace prendermi le mie responsabilità, quindi dimmi che giorno devo essere lì. Mandami l'indirizzo e ci sarò, a qualsiasi orario."

"Sapevo che mi avresti dato una mano. Va bene, puoi essere qui martedì per girare mercoledì e giovedì?"

Dallas rifletté e non riuscì a ricordare di aver preso alcun impegno specifico in quei giorni. "Sì, ci sarò. Sono due pubblicità?"

"Sì, una per Jeff Row e l'attività al ranch, l'altra per l'azienda di crocchette. Porteranno i cani e gireremo alla loro tenuta il giorno dopo."

"Mi sembra un'ottima idea. Ci sarò."

Dallas concluse la chiamata e rifletté sulle proprie responsabilità. Al momento quelle al ranch di Lorna avevano la priorità. Voleva renderlo un posto magnifico per portare avanti il nome di Lewis Frank, il padre di Landon. Il defunto cowboy le aveva lasciato un bel malloppo grazie all'aggeggio responsabile di quella fortuna. Dallas aveva saputo da varie persone che il mandriano amava lavorare con gli animali da ranch più di ogni altra cosa. I cavalli e i bovini avevano una buona reputazione e Dallas voleva portarla alle stelle. Era sicuro che a Lewis avrebbe fatto piacere che qualcuno pensasse al ranch e al figlio, perché era proprio a Landon che il giovane McIntyre pensava. Se Lewis non poteva essere lì a rimettere in piedi il ranch, sarebbe stato Dallas a farlo. Quel bambino non avrebbe mai conosciuto il padre, ma da grande avrebbe ereditato quel posto stupendo. Sebbene Dallas volesse fargli da padre e sposare la madre, desiderava che il ragazzo ricevesse l'eredità del padre biologico, pur sapendo chi avesse fatto fiorire quel posto.

L'ex campione avrebbe fatto le due pubblicità e poi avrebbe informato gli sponsor del proprio ritiro, aggiungendo che, se volevano, avrebbe potuto continuare a rappresentarli. In caso contrario, non c'era nessun problema. Era solo pronto a voltare pagina.

* * *

La sera dopo l'acquisto del bellissimo abito, Lorna stava cullando Landon nella cameretta. Gli rivolse un sorriso. Il bambino aveva appena finito di mangiare e a quel punto si stava addormentando felice. Il visino era un tripudio di sorrisetti e smorfie e la madre sorrise nel guardarlo. Il figlio era un tipetto fantastico e sarebbe stato divertente vederlo crescere. Si capiva che anche Dallas era pazzo di lui. Lei era fiduciosa, sperava con tutto il cuore che diventassero una famiglia.

Sebbene la porta fosse aperta, sentì qualcuno bussare. Lorna sapeva che era Dallas vicino al muro, e che non entrava perché ipotizzava che lei stesse allattando il bambino.

"Tranquillo, puoi entrare," gli disse, sapendo che un giorno… Be', non avrebbe mai fatto di nuovo sesso prima del matrimonio, malgrado l'amore che potesse provare per un ipotetico partner. Sebbene fosse pronta a fare Dallas suo in tutti i sensi, non poteva rischiare. Lui la stava trattando come se fossero una coppia di fatto, eppure non aveva accennato al passo avanti che avrebbero fatto in futuro, come marito e moglie.

Il cowboy entrò con un sorriso stampato in volto. "Come ti senti oggi?"

Il cuore di Lorna batteva all'impazzata. "Benissimo. Questo piccino sta andando alla grande. Ha mangiato tutta la dose raccomandata e ora sta dormendo. Ha delle abitudini straordinarie che segue alla perfezione. Mi sa che mi sta viziando. Sai cosa intendo… Un giorno potrei avere un bambino molto diverso," disse Lorna ridendo. "Ma non importerebbe, l'amerei allo stesso modo."

L'espressione di Dallas vacillò. "Sono piuttosto sicuro che riusciresti a gestire qualsiasi bambino e che lui è così perché tu sei una madre molto attenta."

"Forse sì, forse no. Come sta andando la giornata?"

"Bene, ma devo parlarti di una questione e non sapevo quanto tempo ancora saresti rimasta qui. Posso andare al fienile ora e tornare dopo o aspettare, se vuoi."

Di cosa voleva parlarle? Qualcosa lo turbava, si sentiva dalla voce. "Posso metterlo nella culla. Ormai è tra le braccia di Morfeo, quindi non sarà un problema. Dammi un secondo e arrivo."

"Va bene, io sono qui fuori." L'uomo si voltò e lasciò la stanza.

All'improvviso, Lorna si sentì spaventata e adagiò Landon nella culla. *Dallas sarebbe tornato a competere nei rodeo?* L'idea fu come un pugno allo stomaco, e sentì una fitta al petto. Fece un respiro profondo e si incamminò verso il salotto.

Quando lo raggiunse, Dallas era in piedi davanti al caminetto. Le si avvicinò, le prese subito le mani e la portò verso il divano. Si sedettero entrambi mentre lui continuava a tenerla stretta.

"Tornerai al rodeo?" La ragazza non poté fare a meno di chiederglielo.

Il mandriano scosse la testa e abbozzò un sorriso. "No, no, non volevo spaventarti in questo modo. All'inizio della prossima settimana mi ritirerò definitivamente, è solo che presterò il volto a vari prodotti per animali e hanno dovuto rinviare gli spot pubblicitari a dopo l'infortunio. Stamattina sono stato contattato dal manager e devo girarne un paio per alcune aziende. Glielo devo, quindi parto domani pomeriggio. Mi aspetta un viaggio di cinque ore verso un ranch fuori Fort Worth. Cominceremo le riprese la mattina dopo, il mercoledì, per la pubblicità di un integratore alimentare per cavalli; mentre il giovedì, in un'altra area del terreno, filmeremo per un altro prodotto per cani. Di solito è necessaria una giornata intera per le riprese, quindi probabilmente non tornerò a casa fino a venerdì. Andrò via il prima possibile."

Lorna sentì le budella attorcigliarsi e il cuore partire in quarta. *Aveva detto casa.* Certo, quella era la città natale di Dallas (e il ranch dei McIntyre si trovava lì), ma pensava che Dallas alludesse al ranch Lewis. Si tenne quel pensiero per sé. "Capisco. Tranquillo, staremo bene."

"I ragazzi daranno da mangiare agli animali e si assicureranno che vada tutto per il meglio durante la giornata. Quindi se mai avessi bisogno, saranno più che felici di aiutarti. Tutte le sere busseranno alla porta prima di andare via, per controllare che tu stia bene."

"Sono entrambi molto gentili, quindi ti prendo in parola, ma non sarà necessario. Mi sento alla grande e non devo per forza avere una babysitter, anche se mi piaceva quando eri tu a prenderti cura di me, e mi piace ancora. In ogni caso, ora come allora hai delle responsabilità, quindi vai e fai ciò che devi. Riguardo al ritiro la prossima settimana, penso sia… Be', te l'ho detto prima… Credo sia una buona decisione."

Dallas sorrise, la attirò a sé e la abbracciò. "Va bene, mi libererò di questo impegno e quando tornerò, sabato, lavoreremo al ranch e ci prepareremo per il matrimonio di Jackson e Nina del prossimo fine settimana. La fase di decorazione durerà due giorni e darò loro una mano."

"Va bene." Lorna si allontanò da lui e lo guardò. "Vuoi che vi aiuti? Mi piacerebbe contribuire, in caso Nina ne avesse bisogno."

"Sono sicura che ci abbia pensato, ma non vuole rubarti tempo col bambino."

"Capisco. Be', se la vedo questa settimana, le dirò che mi farebbe piacere dare una mano, o anche solo venire a dare un'occhiata."

"Sono sicuro che sarebbe felice se venissi. Sai, mi mancherai, mentre sarò via."

Lorna aveva cercato di evitare di mostrare i propri sentimenti e le parole di Dallas la inondarono di scintille… e di speranza. "Be', anche tu, ma comunque cercherò di sopravvivere e quando tornerai festeggeremo." *Ecco, stava cercando di essere positiva.*

L'uomo la prese tra le braccia, le diede un forte

abbraccio e la baciò, trasformandole le interiora in un budino.

"Devo andare al lavoro. Ci vediamo a cena, e domani sarò qui mezza giornata."

"Dovrò resistere almeno quattro giorni senza un tuo bacio."

Un grande sorriso si stampò sul volto di Dallas e gli occhi gli si illuminarono mentre si sporgeva in avanti. "Posso rifarlo. Di sicuro non voglio che tu soffra."

Poi la baciò, e lei quasi svenne.

CAPITOLO VENTI

Lorna aveva bisogno di tenersi impegnata mentre Dallas era via, o si sarebbe intristita fin troppo. In quel momento era in un enorme negozio di mobili e arredi. Se doveva vivere in quella casa, voleva cominciare a renderla più sua, o almeno abbellirla con degli elementi nuovi. Non era un tipo fissato con lo shopping; non aveva mai avuto molti soldi per fare spese, ma la situazione era cambiata. Aveva un bambino e una casa nuova in cui niente le apparteneva. Non avrebbe preso molto. Se Dallas avesse deciso di sposarla, avrebbero potuto aggiungere qualcosa che piacesse anche a lui, ma quel giorno, mentre il mandriano era fuori per lavoro, lei doveva tenersi occupata e apportare dei cambiamenti.

Vide una poltrona stupenda di cui si innamorò. Era fatta di pelle soffice e quando vi si sedette scoprì che era comodissima. Avrebbe sostituito quella che aveva, che era piuttosto logora. Era certa che fosse la poltrona che Lewis usava di più e si sarebbe dovuta sentire in colpa a liberarsene, ma Lorna ne voleva una scelta da lei e che non fosse tanto usurata da qualcun altro, così la acquistò.

Trovò poi un divano e due poltrone abbinate, che comprò, e ancora un paio di oggetti che vi si abbinavano alla perfezione. Guardò i propri acquisti con la consapevolezza che avrebbe avuto un salotto tutto suo. Continuò a dare un'occhiata in giro e trovò degli elementi per la cucina che voleva sostituire. Alcuni degli oggetti che usava Lewis, come la zuccheriera a forma di mucca, non erano nello stile di Lorna. Le piaceva il barattolo color crema con inciso la parola 'Zucchero', così lo comprò insieme al resto del set.

C'erano altri elementi d'arredo che moriva dalla voglia di comprare, ma non lo fece perché avrebbe voluto aspettare… sperando che la situazione cambiasse presto. In cima alla lista c'era una camera da letto padronale. Lei non dormiva lì. Aveva scelto di non farlo, non ancora, passava la notte in una delle camere degli ospiti accanto a quella del bambino. Quando avrebbe deciso finalmente di trasferirsi nella camera padronale, l'avrebbe arredata da zero, con un letto nuovo e delle cassettiere. Voleva che fosse sua e di Dallas. Guardò varie collezioni, poi lasciò la zona notte del negozio e tornò a casa con Landon. Non voleva riempirsi di sogni e speranze che l'avrebbero solo illusa.

Raggiunse il Texas Ready Diner e accostò nel parcheggio. Decise che avrebbero cenato lì prima di andare a casa. Il locale si trovava sulla strada del ritorno e c'era sempre qualcuno, quindi un buon posto in cui fermarsi.

Entrò nel piccolo *diner* e li fecero accomodare a un tavolo accanto alla finestra. Quella era la prima volta che lei e il figlio mangiavano fuori insieme da soli. Ancora una volta, Dallas fu la prima persona che le venne in mente, ma Lorna si rifiutò di avere dei pensieri negativi. Presto il cowboy sarebbe tornato a casa.

Era rimasta sorpresa quando al negozio le avevano detto che avrebbero consegnato i mobili l'indomani. Tutto ciò che aveva ordinato era in magazzino, quindi ovviamente aveva acconsentito. La chiamata era arrivata mentre mangiava, così era corsa a casa. Doveva preparare tutto per il giorno successivo. Il rischio che si abbandonasse alle emozioni che provava per Dallas era dietro l'angolo, quindi era molto contenta di essersi distratta.

Aveva messo il bambino a letto e poi era andata in salotto. Avrebbe chiesto ai traslocatori di rimuovere i mobili che erano lì e di metterli in veranda. Avrebbe pensato a cosa farci in un secondo momento. Riusciva a immaginarsi quel salotto tutto suo e sperava che a Dallas sarebbero piaciuti quegli acquisti. Nell'ampia stanza c'era spazio per altri elementi d'arredo, quindi lui avrebbe potuto aggiungerci qualcosa, oppure se ne sarebbe liberata e avrebbero scelto qualcosa insieme. Al momento Lorna era solo felice di iniziare quella nuova vita al ranch con gli oggetti che aveva scelto. Sperava che l'avrebbe cominciata anche con *l'uomo* che aveva scelto.

Aveva un buon presentimento ed era un grande sollievo.

* * *

Dallas stava guidando verso casa. Aveva vissuto il viaggio più tedioso e i due giorni più lunghi della sua vita. Arrivato al quarto giorno, sembrava non volesse finire mai.

Aveva parlato con Lorna al telefono tutte le sere, e lei gli aveva detto di aver comprato dei mobili nuovi, che stavano benissimo in casa. Li avevano consegnati il giorno successivo all'acquisto e lei aveva fatto spostare fuori il vecchio mobilio del soggiorno. I ragazzi del ranch l'avevano portato a un centro donazioni, il che la faceva sentire meno in colpa per essersene disfatta. In quei momenti il cowboy fu entusiasta di sentirla felice, ma aveva la netta sensazione che stesse cercando di nascondergli la mancanza che sentiva nei suoi confronti. Anche lui ci stava provando.

Aveva sopportato a malapena la distanza senza di lei. Quando raggiunse la periferia dell'isola di Star Gazer, se ne andò dritto dritto al ranch. Una volta parcheggiato il pick-up, la porta d'ingresso si aprì all'istante e Lorna si precipitò da lui. Dallas aprì le braccia e lei ci si fiondò.

Il mandriano le alzò il mento e la baciò. "Mi sei mancata," mormorò mentre la baciava.

Quando il bacio ebbe fine, lei gli sorrise. "Sono contenta che tu abbia fatto buon viaggio, e che sia a casa."

Aveva detto 'casa'. Dallas se n'era accorto e per lui ciò significava tantissimo. "Che bello essere qui. Fammi vedere tutto quello che hai fatto mentre ero via."

La donna gli rivolse un grande sorriso. "Entra. Se non ti piace dimmelo con sincerità, perché voglio tenere solo ciò che rispetta i tuoi gusti."

I due si fecero strada nel soggiorno. Era cambiato tantissimo: c'erano dei mobili stupendi. L'atmosfera era distesa e la stanza splendeva di tinte color crema e marrone. C'erano anche dei nuovi tavolinetti da salotto, uno a ogni estremità del divano, e uno splendido tavolino da caffè davanti, che era come un grande cassettone. Gli arredi erano molto carini e contribuivano alle vibrazioni rilassanti del posto. Lorna aveva comprato dei candelieri per la mensola del camino; c'era anche un dipinto. Era la vista di un bellissimo lago. Dallas notò il nome e sorrise.

"Hai preso il dipinto da Nina."

"Sì, lo adoro. Allora, che ne pensi del resto?"

"Credo tu sia una giovane donna di talento. È bellissimo."

"Grazie. Possiamo aggiungere altro. C'è spazio in abbondanza."

"Sì, sono sicuro che man mano otterrai lo stile che desideri."

Lorna sembrò un po' esitante, poi sorrise. "È vero, un giorno, magari."

Dallas colse la delusione in quelle parole e odiava esserne responsabile. Probabilmente la ragazza voleva che anche lui ci mettesse del suo.

* * *

Il lunedì Lorna andò con Dallas al ranch McIntyre. Nina l'aveva chiamata e le aveva chiesto se voleva venire col futuro cognato e magari aiutare con le decorazioni, poi aveva aggiunto che poteva anche solo portare il bambino e stare con loro. Non volevano che si sentisse in dovere di fare qualcosa che non poteva fare per via del bambino, ma non volevano nemmeno negarle l'invito se ci teneva a dare una mano.

Lorna era più che entusiasta di aiutare e in quel momento, tra la difficoltà di abituarsi al ritorno di Dallas e la mancata proposta di matrimonio, si sentiva confusa. Aveva acconsentito all'istante ed era contenta di andare alla tenuta McIntyre con il mandriano. Avevano passato una bella settimana. Lui aveva lavorato al ranch e aveva cominciato ad addestrare i cavalli. Era divertente. Lei, invece, aveva passato del tempo all'aria aperta a guardarlo, sperando che le facesse la domanda più importante di tutte.

Nonostante la proposta non fosse ancora arrivata, Lorna era più felice di quanto non lo fosse da tempo. Ovviamente senza contare la notte in cui aveva preso in braccio Landon per la prima volta, ma quella era stata molto speciale; non solo era nato il figlio, ma era stata soccorsa dal futuro amore della sua vita. Era stata una notte che le aveva cambiato la vita.

"Ci sarà da divertirsi. Dunque, io aiuterò a montare il tendone e tutto il resto. Sei sicura che non ti dispiace stare con le ragazze?"

Lorna scoppiò a ridere. "Sì, vado pazza per tua madre e in quelle poche volte che sono stata con Nina, l'ho trovata fantastica. Davvero, mi piace stare con la gente. Questa è la mia nuova casa, dove crescerò il mio dolce bambino, quindi sono entusiasta di avere delle persone meravigliose da conoscere."

"Be', allora fantastico. Mia madre e Nina hanno entrambe parlato di te in modo lusinghiero, quindi è fatta." Dallas sorrise mentre percorrevano l'autostrada.

Poco dopo accostarono nel lungo vialetto. Lorna vide le donne sul lato della casa che lavoravano a qualcosa. Mentre si avvicinavano, si rese conto che stavano componendo dei fiocchi. Quando il cowboy parcheggiò, lei uscì fuori e prese il bambino; Dallas tentò di afferrare il seggiolino, ma lei si impuntò. "No, tu hai da fare, io e Landon ci andiamo a mettere lì. Ora vai a divertirti e non ti preoccupare per me."

Con grande gioia di Lorna, Dallas sorrise, si avvicinò e la baciò.

"Divertiti. Ti amo."

"Certo, anch'io." Il cuore della ragazza batteva all'impazzata. Si voltò e si incamminò verso le donne.

"Lorna, sei qui, che bello!" Nina mise giù il nastro e si precipitò a darle un abbraccio al volo.

La nuova arrivata ricambiò.

"Sono tanto contenta di vederti, giovanotta." Alice la abbracciò, poi guardò Landon. "E questo bambino! Oh, potrei stare a guardarlo all'infinito. Ecco, lascia che lo prenda, così Nina ti fa fare un giro. Abbiamo dei fiocchi da comporre e altre diavolerie da preparare. Quando i ragazzi avranno montato il tendone e disposto i tavoli, saremo pronte per inaugurare la fase di decorazione." Alice rise e prese il seggiolino, poi andò a sedersi e accolse Landon tra le braccia. Lui rideva mentre alzava la mano cercando di toccarla.

Nina sembrava divertita. "Grazie per essere venuta. Non volevo farti sentire esclusa, e una mano ci farebbe proprio comodo. Oggi finiamo le decorazioni di base e nel resto della settimana i vari operai potranno venire a preparare tutto il resto. Il tipo delle luci, per esempio, verrà domani e ne appenderà un po' su tutti i soffitti."

"Che bello. Ero super elettrizzata quando ho ricevuto la tua chiamata. Sai, sono nuova in città e questo mi fa sentire come se iniziassi a farne parte o ad avere degli amici."

Nina le fece l'occhiolino. "Oh, sì, lo so. Anche per questo ho pensato di far bene a invitarti."

La futura sposa le mostrò i fiocchi che stava componendo e Lorna si diede subito da fare.

Le due donne si misero a fabbricare nastri come in una catena di montaggio. Ce n'erano circa sessanta. Li avrebbero collocati sui tavoli, con i candelabri e alcuni fiori freschi che sarebbero arrivati il sabato mattina.

Alice aveva fatto fare una passeggiata al bambino e l'aveva riportato addormentato. In quel momento lo rimise nel seggiolino. "Si è addormentato. Doveva mangiare?"

"L'ho allattato proprio prima di venire, quindi è sazio, ma si sveglierà tra poco e sarà pronto per la prossima poppata."

Alice rise sotto i baffi. "Be', ma i neonati sono sempre pronti, no? Non puoi capire i miei ragazzi. Mangiavano dalla mattina alla sera. Mi sembrava quasi di non avere tregua tra una poppata e l'altra, quindi molti bambini di oggi li trovo insoliti."

Nina rise. "Be', posso assicurarti che anche Jackson è un uomo insolito: super protettivo, gentile e meraviglioso. Quindi forse dobbiamo ringraziare tutto quello che ha mangiato. Grazie, Alice."

"Prego," rispose la donna con un grande sorriso. "Sono assolutamente felice di averlo fatto."

"E io posso confermare che Dallas è un grande lavoratore," aggiunse Lorna. "Sembra non stancarsi mai, quindi l'hai sistemato per benino con tutto quel latte. So che funziona così."

Nina e Alice ridacchiarono.

"Be', allora a quanto pare sono stata un portento, in quanto mamma. Un successo. Anche tu lo sarai," disse la locandiera rivolgendosi a Lorna, poi le fece un occhiolino.

"Va bene," esordì Nina. "Ora andiamo in casa, così

potremo comporre le decorazioni che andranno sul buffet dei dolci e del cibo, e quando avremo finito ci sarà un grande tendone da abbellire."

"Fantastico." Lorna allungò il braccio e prese il trasportino; Nina afferrò una delle scatole con i nastri e Alice si occupò dell'altra. Le due aiutanti seguirono la sposa in casa. Attraversarono la cucina, che era bella e spaziosa, ed entrarono in un'enorme sala da pranzo. Misero le scatole sul tavolo, poi Lorna prese una sedia e ci appoggiò il seggiolino. Il grande tavolo era in grado di accogliere dodici commensali e, se non errava, poteva allungarsi per accoglierne degli altri. Santo cielo.

"Quindi organizzavate, o magari organizzate ancora delle cene enormi?" chiese la neomamma.

Alice sorrise. "Quando mio marito William era vivo, gestiva l'attività allo stesso modo di Jackson, ma all'inizio teneva un sacco di cene. All'epoca sapeva che chiunque venisse a comprare gli animali, amava venire a vederli e poi cenare qui a casa, quindi le organizzavamo spesso. Era molto divertente. C'era un sacco di gente e vendevamo tanto bestiame. L'aveva imparato dal padre. Poi i grandi tendoni bianchi, come quello che stanno montando fuori, hanno acquisito popolarità e ci hanno permesso di invitare più persone per vedere gli animali e organizzare grandi cene, così questa tavola è diventata a uso esclusivo della famiglia."

"Caspita, come cambiano le cose... La trovo comunque stupenda."

"Sì, è vero. Sai, un giorno immagino che i miei figli saranno sposati, avranno a loro volta dei figli e delle famiglie e questo tavolo sarà di nuovo pieno, durante le feste e nelle occasioni speciali. Quindi sono molto grata a William per tutto questo."

"Che bella storia, e lui sembra un uomo straordinario," commentò Lorna. "I tuoi ragazzi ti regaleranno una grande famiglia allargata, me lo sento."

Alice sorrise. "Sarebbe perfetto."

Gli occhi danzanti di Nina incontrarono quelli della futura suocera. "Be', io e Jackson abbiamo intenzione di fare proprio così. Ho solo bisogno di altri parenti, sapete, delle cognate, per aiutarmi a riempire questa sala da pranzo."

Lorna fu un po' sorpresa quando la futura sposa le fece l'occhiolino, seguita da Alice. La ragazza si limitò a guardarle e sorrise. "È un'idea fantastica."

CAPITOLO VENTUNO

Dallas si guardò in giro. Il tendone era quasi finito e gli operai addetti all'allestimento avevano già cominciato a disporre i tavoli. Le donne potevano finalmente cominciare ad apporre le decorazioni. Erano pronti.

Dallas e i fratelli erano rimasti sull'attenti, pronti a intervenire per aiutare Jackson, per dimostrargli che ci tenevano e per divertirsi a prenderlo un po' in giro, cosa che avevano fatto. Se l'erano spassata e Dallas ne era felice, perché il matrimonio sarebbe stato un po' diverso; i fratelli non avrebbero fatto da testimoni. Ci sarebbero stati solo Jackson e Nina all'altare, mentre gli altri si sarebbero accomodati in prima fila a guardarli scambiarsi delle promesse d'amore. In fondo andava bene così. Dallas si sarebbe seduto accanto a Lorna.

Era assolutamente pronto per fare quello stesso passo; anche il cuore gli esultava in trepidazione. Aveva intenzione di chiederle la mano dopo il matrimonio del fratello. Non se la sentiva a farlo mentre Jackson si sposava. Era un momento tutto loro e sarebbe stato meraviglioso.

"Hai proprio la testa da un'altra parte," esordì il futuro sposo mentre gli si avvicinava dopo aver martellato il picchetto nel terreno per tenere giù quella sezione del tendone. Era l'ultimo, ormai era pronto.

"Scusa."

Jackson lo osservò attentamente. "Perché non facciamo una passeggiata? Qui abbiamo finito."

"Non voglio rubarti tempo prezioso. Oggi il centro dell'attenzione è tuo."

Lo sposo rise. "Allora dovrai fare due passi con me, perché al momento l'unica cosa che voglio è parlare con te, quindi gambe in spalla, fratello."

Dallas guardò il fratello cominciare a camminare verso i pascoli e si unì a lui. Cos'altro poteva fare?

"Dimmi, che sta succedendo tra te e Lorna?"

Sapeva che gli avrebbe fatto quella domanda. "La amo e voglio chiederle di sposarmi. Voglio aiutarla a far crescere l'attività al ranch, che era già un successo, ma che potrebbe andare a rotoli, in caso lei non fosse in grado di gestirla. Dal punto di vista finanziario non sarebbe un problema, perché ha i soldi dei ricavi del brevetto, ma l'attività va alla grande e io voglio aiutarla a farla prosperare."

"Fantastico."

"Sì, ma più che altro voglio stare con lei e Landon. Pensare all'incontro con lei e quel dolce bambino mi lascia ancora stupefatto, ma è ciò che desidero. Voglio sposarla. Non ho bisogno dei soldi o della terra, ho bisogno di *lei*. Ho intenzione di chiederglielo un paio di giorni dopo la cerimonia. Non lo farei mai prima. Non voglio rubarvi i riflettori e vorrei che la proposta fosse un momento speciale."

"Accidenti, sono troppo contento che tu abbia trovato la donna per te. Ne abbiamo parlato tutti e sembrate una coppia perfetta. Nina va pazza per Lorna. Secondo lei siete assolutamente perfetti insieme, e io e mamma siamo d'accordo con lei."

"Grazie. Sono emozionato, e non solo è perfetta per me, ma per la nostra famiglia. Papà l'avrebbe adorata."

Jackson si fermò e lo scrutò. Gli occhi gli si illuminarono all'improvviso.

Dallas abbassò il mento, studiando il fratello con curiosità. "Perché hai quella faccia?"

"Perché ho appena avuto un'idea geniale che al momento non posso dirti. Te la dico più tardi. Comunque è meglio tornare, così potremo finire di decorare e prepararci per questo matrimonio. Volevo solo dirti che sono elettrizzato per te e non è necessario che tu aspetti che finisca la cerimonia per farle la proposta. Fossi in te, lo farei ora."

Dallas lo desiderava. "Ci penserò. Grazie per avermi portato qui. Forse ho sbagliato a pensare di farlo dopo il matrimonio."

"Forse, ma io sceglierei un momento speciale e lo farei presto. Magari anche domani."

"Ho pensato a come e dove potrei chiederglielo, quindi non lo farò ora, di punto in bianco. Mi devo organizzare."

Jackson gli diede una pacca sulla spalla. "Ce la farai, ora torniamo dagli altri. Ti senti meglio?"

"Sì, molto." Stava davvero bene. Doveva solo decidere quando avrebbe fatto quel passo.

* * *

Jackson e Nina salutarono gli aiutanti che si apprestavano a lasciare la location della cerimonia.

"Sono stati tutti meravigliosi," disse la futura sposa mentre tornavano dentro casa.

"Concordo." Jackson le prese la mano e la portò sul patio. Si sedettero sull'altalena a dondolo e lui le mise un braccio intorno alle spalle. "È stata una giornata splendida."

"Sì, assolutamente magnifica. La tua famiglia è

pazzesca, e anche Lorna.”

“È vero, ti adorano. Lorna è fantastica e si è integrata alla perfezione. È stato molto carino da parte sua venire ad aiutare.”

“L'ho pensato anch'io. Ti rendi conto che lei e Dallas si amano sul serio?”

“Sì, è talmente ovvio.”

“Le ho fatto qualche domanda mentre mi aiutava. Non sono riuscita a trattenermi; secondo me sono proprio anime gemelle. Ha detto che probabilmente si sposeranno, anche se lui non gliel'ha ancora chiesto.”

“Io ho parlato con Dallas, non vuole chiederglielo prima del matrimonio. Sta cercando di aspettare almeno due giorni, ma gli ho detto di farsi avanti.”

“Secondo me dovrebbero fare il grande passo.”

Jackson la guardò incuriosito, perché aveva la sensazione che stessero pensando la stessa cosa, che Nina avesse avuto la sua stessa idea. “A cosa stai pensando?” sorrise lui.

Gli occhi di Nina danzarono. “Be', noi ci stiamo per sposare e io ti amo tantissimo… davvero tanto, tanto, tanto. Mi chiedevo cosa ne pensassi se… Ovviamente non so neanche se sarebbero d'accordo, ma mi chiedevo… Che ne pensi se si sposassero con noi? Se riuscissimo a far ottenere loro una licenza entro mercoledì, una volta passate settantadue ore, come richiesto dalla legge dello stato del Texas, potrebbero sposarsi."

Jackson scoppiò a ridere e la prese tra le braccia. "Credo sia un'idea eccezionale, e in realtà ti ho portata qui fuori perché ci ho pensato anch'io e volevo la tua opinione."

Nina si allontanò leggermente da lui e gli rivolse un grande sorriso. "Hai visto? Molto spesso la pensiamo allo stesso modo. Allora che facciamo?"

"Credo che domattina dovremmo andare da loro e parlargliene. Be', no, non possiamo farlo… Lui deve prima chiederle la mano." Jackson era confuso. "Allora devo prima andare da lui e dirgli del piano… Gli dirò di farle la proposta domani e di dirle anche che sono invitati a unirsi al nostro matrimonio, va bene?"

"Sì, facciamo così, fagli sapere che io sono totalmente a favore e che, a parte sposare te, non c'è niente che mi renderebbe più felice di condividere il matrimonio con loro."

"Ti amo davvero tanto."

Nina sorrise. "Anch'io," rispose Jackson, poi la baciò.

* * *

Il mattino dopo aver aiutato ad allestire il ranch per la

cerimonia, Dallas ricevette una chiamata a sorpresa da Jackson, che gli chiedeva di incontrarlo in città per colazione. Ovviamente, il cowboy non esitò ad andare. Spiegò a Lorna dove sarebbe andato e si assicurò che stesse bene.

Lei augurò loro una buona colazione. Sembrava felice.

Anche lui lo era, ma stava cercando di capire quale fosse il momento giusto per chiederle la mano. Il fratello maggiore l'aveva incoraggiato a farlo e Dallas sapeva che ciò l'avrebbe resa felice. Aveva capito che era angosciata di non aver ancora ricevuto la proposta, dopo la dichiarazione d'amore che le aveva rivolto. A quel punto temeva che lei potesse pensare che non fosse ancora sicuro.

Il mandriano raggiunse il ristorante e saltò fuori dal veicolo. Vide il fratello seduto a un tavolo da picnic all'estremità dello spazio esterno e si incamminò verso di lui.

"Che bello, ce l'hai fatta." Jackson gli rivolse un grande sorriso.

"Be', certo. Sono curioso di scoprire cosa mi vuoi dire, ma ti avrei incontrato comunque per colazione."

"Bene. Ho già ordinato il nostro piatto preferito. Sai, quel burrito che fanno qui."

Dallas sorrise. "Fantastico, sai che lo adoro."

Jackson lo guardò attentamente. "Uuuh, arriva la colazione!" esclamò. I due aspettarono che la cameriera adagiasse i piatti e i caffè sul tavolo. Quando la ragazza si allontanò, il capo famiglia guardò il fratello con sguardo serio. "Io e la mia dolce fidanzata abbiamo osservato te e Lorna e ieri sera ci siamo consultati. Nina ci ha parlato e ha avuto la conferma che lei vuole sposarti, ma non sa se tu sia pronto o meno. Oppure se tu, a lungo andare, la sceglieresti comunque."

Dallas fece cadere la forchetta e sentì lo stomaco in subbuglio. "Lei pensa che non la sposerei? Non gliel'ho chiesto, ma le ho detto che la amo più e più volte. Come ti ho già detto, non l'ho ancora fatto per il semplice motivo che non voglio rovinarti il matrimonio, ma non pensavo arrivasse al punto di pensare che non lo farei. Anzi, stamattina, quando hai chiamato, stavo cercando di decidere se fosse il caso di chiederglielo stasera."

Jackson sorrise. "Sarebbe perfetto, considerando il piano che sto per suggerirti."

"Cosa vuoi chiedermi di fare?"

"Io e Nina vorremmo che vi uniste a noi, sabato. Vorremmo un matrimonio doppio."

Dallas lo fissò, completamente sconvolto. "Dici sul serio?"

Il fratello maggiore gli rivolse un sorriso. "Sì, e Nina lo è più di me. Adora Lorna con tutto il cuore e pensa che un matrimonio doppio sarebbe perfetto, e anch'io sono della stessa opinione, sempre che tu sia d'accordo. Tuttavia, devi chiederglielo e, se ti dice di sì, dovrete andare a richiedere la licenza matrimoniale."

Dallas guardò il fratello. Sentiva il cuore completamente fuori controllo. *Lui lo desiderava. Era possibile che accadesse? Lorna l'avrebbe voluto o si sarebbe spaventata?*

* * *

Il giorno dopo aver aiutato Nina con l'allestimento, Lorna era molto felice di aver contribuito, ma stava ancora lottando contro la tristezza della mancata proposta di matrimonio. Stava piegando i vestitini di Landon e ciò le consentì di scervellarsi sulle possibili ragioni, cosa che aveva fatto tante volte senza successo.

L'attimo dopo, Dallas entrò in lavanderia. La ragazza si spaventò. Era bello; aveva i capelli pettinati in modo ordinato e non nascosti da un cappello da cowboy, che aveva tra le mani, appoggiato su una bella camicia e dei jeans inamidati. Il cuore di Lorna cominciò subito a battere all'impazzata. *Stava andando da qualche parte?*

Il cowboy sorrise, si avvicinò a lei e le prese la mano. "Il bambino dorme?"

"L'ho appena messo nel suo lettino." *Cosa stava succedendo?*

"Allora puoi venire con me?" Senza aspettare, l'uomo la guidò fuori dalla lavanderia e verso le porte che davano sulla veranda.

Sarebbe andata ovunque con lui.

Quando furono sul patio, lui continuò a tenerle le mano e a guardare il ranch. Lorna era molto curiosa.

Il mandriano si voltò e la guardò. "Voglio solo dirti quanto mi senta fortunato ad aver trovato te e quel bambino non ancora nato. Questo te l'ho già detto, ma non ti ho mai confessato quanto quell'incontro mi abbia cambiato la vita. Sapevo che avrei dovuto lasciare la mia carriera al rodeo, ma non ero proprio pronto. Poi sei arrivata tu, bisognosa di me sulla spiaggia, e poi al ranch. In seguito sono stato io ad aver avuto bisogno di te, perché mi hai riempito il cuore e mi hai fatto capire che volevo di più dalla vita che salire su un toro tutte le sere e competere per un premio. Volevo molto di più, volevo te e il tuo dolce figlio. Ho rimandato per troppo tempo." Tenendole ancora la mano, si mise su un ginocchio e alzò lo sguardo verso di lei.

Oh! Lorna sentì il cuore scoppiare non appena si rese conto di ciò che stava facendo Dallas. Gli occhi le si inumidirono e si limitò a sbattere le palpebre e guardarlo negli occhi, aspettando quelle parole che desiderava da un'eternità.

"Lorna, mi vuoi sposare? Vuoi completarmi e renedermi l'uomo più felice del mondo?"

Le lacrime le rigarono il viso. "S… sì. Sì."

Dallas si alzò e la prese tra le braccia, volteggiando mentre la baciava, sebbene il viso di lei fosse ormai ricoperto di lacrime.

Sarebbe davvero diventata la signora McIntyre.

Dopo il bacio, il cowboy la portò all'altalena della veranda e vi si sedettero. Lui la guardò in viso, continuando a tenerle la mano. "Ora ti faccio un'altra domanda. Vuoi sposarmi sabato? Jackson e Nina mi hanno chiesto se vogliamo unirci al loro matrimonio. Ci sposeremo tutti contemporaneamente. Abbiamo ancora tempo, se domani andiamo a richiedere la licenza."

Cosa? Lorna non riusciva a spiccicare parola. Lo fissò e Dallas annuì, come se sapesse che non era sicura di aver capito bene. "Sono confusa."

"Ti spiego meglio. Volevano solo assicurarsi che, qualora volessimo sposarci, ci saremmo uniti a loro e credimi, sarebbero contentissimi. Io gli ho detto che non volevo rubare loro un momento tanto speciale, che ti avrei chiesto la mano due giorni dopo il matrimonio, ma Jackson mi ha completamente spiazzato con questa offerta. Sinceramente a me piacerebbe tantissimo. Vorrei che fossimo già una vecchia coppia sposata."

Lorna non poteva credere alle proprie orecchie. Pensò all'abito che aveva comprato per la cerimonia, un vestito di un leggero color crema all'altezza delle caviglie, che sarebbe stato perfetto come abito da sposa. Gli sorrise e sussultò. "Quei due sono fantastici e sì, voglio essere tua moglie e sabato è il giorno perfetto per diventarlo."

La vita di Lorna si era appena trasformata in un sogno.

CAPITOLO VENTIDUE

Il sabato, il giorno in cui Jackson avrebbe sposato Nina, Alice andò a casa di Lorna per prendere lei e il bambino. Era stata una bellissima giornata fin dal momento in cui la futura nuova l'aveva chiamata per dirle che aveva una sorpresa. Anche Dallas si sarebbe sposato, e le aveva chiesto se potesse passare a prendere la seconda sposa e il bambino, così che potessero vestirsi insieme al ranch. Alice sapeva quanto Lorna se ne sarebbe rallegrata.

Quando Alice arrivò lì, si guardò attorno alla ricerca del figlio, ma non lo vide. Era il giorno del matrimonio, quindi probabilmente non aveva neanche dormito lì. Sapeva che era solito usare un'altra stanza, ma si trattava della notte prima delle nozze, quindi ipotizzò che non l'avesse passata lì affatto. La donna raggiunse la porta e Lorna la anticipò, aprendola prima che la futura suocera bussasse. Le due si abbracciarono.

"Oggi mi sposo, non ci posso credere," esordì Lorna. "Mi sento veramente fortunata e felice."

"Sono emozionata che oggi sposerai mio figlio. L'idea di Nina e Jackson è stata geniale. Tu e Dallas siete una coppia perfetta ed è bello che vi sposiate tutti e quattro nello stesso momento. Il fatto che due figli compiano questo passo contemporaneamente lo rende super speciale. Allora, sei pronta?"

"Sì, ho preparato la borsa. Il bambino è a posto, quindi possiamo caricare tutto in macchina e partire verso il mio sogno che si realizza."

Alice sorrise. Adorava quella giovane donna. "Andiamo."

Nel giro di qualche minuto erano in viaggio.

"Spero di essere il tipo di moglie di cui Dallas ha bisogno."

Alice le lanciò un'occhiata. "Lo sei già. Siete una coppia favolosa, quindi non devi preoccuparti affatto. Da quando ci sei tu, lui è felice come non mai. Certo, era contentissimo quando cavalcava tori, ma con te, anche solo in quelle poche volte che vi ho visti insieme, è un'altra persona. È innamorato pazzo di te e del bambino. Quel piccino rende tutto migliore."

"Che meraviglia! Io lo amo da morire."

"Questa è l'unica pretesa che ho nei confronti di una nuora."

Alice guidò fino al ranch e vide subito che stavano mettendo a punto i dettagli dell'ultimo minuto. Lei e Lorna arrivarono alla porta della cucina e Nina le raggiunse dal salotto.

"Mi hai resa tanto felice!" esclamò la padrona di casa rivolta a Lorna. "Sono troppo emozionata che tu e Dallas abbiate accettato la nostra proposta. In questo modo il matrimonio sarà ancora più speciale."

Le due si abbracciarono e il cuore di Alice diede di matto. Era assolutamente entusiasta.

Portarono tutti i vestiti in una camera degli ospiti dall'altra parte della stanza, dove c'erano delle sedie disposte davanti a un grande specchio e due parrucchiere locali ad aspettarle, pronte a farle belle. Nina aveva pensato a tutto. Mentre le parrucchiere adornavano le teste delle ragazze di ciocche ricce, assicurandosi che avessero delle acconciature diverse, le due donne prossime all'altare parlavano di sogni e speranze. Sarebbero diventate spose insieme, ma non volevano avere lo stesso look.

Si erano tutti occupati del bambino e Alice era emozionata di avere il primo nipote. Certo, non era consanguineo, ma lo aveva già fatto suo per sempre ed era fuori di sé dalla contentezza.

Quando Nina e Lorna furono entrambe troppo indaffarate con l'acconciatura, la suocera andò sulla veranda con Landon. Era tutto bellissimo. Alice guardò l'orologio. Entro un'ora gli ospiti sarebbero cominciati ad arrivare e presto il suo mondo sarebbe cambiato. Avrebbe avuto due nuore e un nipote. Nina aveva detto che era pronta ad avere un bambino, quindi all'improvviso Alice si ritrovò davanti un futuro completamente diverso rispetto a quello che le si era prospettato mesi addietro. Era tutto molto entusiasmante, strabiliante. Lei e Seth erano una coppia, e ciò le faceva sprizzare gioia da tutti i pori. Due dei figli si stavano sposando e il ristorante e la locanda la stavano tenendo impegnata. La sua realtà era un successo e lei la amava. Sembrava un sogno.

Poi c'era Riley, che stava per cominciare un progetto tutto suo sulla costa. Alice era molto curiosa a riguardo. Il ranch aveva abbastanza aiutanti, quindi non era vincolato. La donna era ansiosa di vedere quale sarebbe stato il prossimo passo del figlio. Si chiese quanto tempo sarebbe passato prima che Tucker trovasse finalmente la donna dei sogni, ma in quel momento doveva solo pensare a Jackson, a Dallas e alle donne della *loro* vita. Si voltò per riportare il bambino dentro e assicurarsi di essere pronta per il matrimonio.

Era al settimo cielo, e non stava nella pelle al pensiero di sentir dire "lo voglio".

* * *

"Caspita ragazzi, siete elegantissimi," esordì Riley mentre entrava nella cabina armadio dove i due sposi indossavano i rispettivi abiti.

"Ti piacciono i completi?" Dallas rivolse un sorriso al fratello. Riley indossava un completo e anche Tucker.

"Mi piacciono molto. Avete un look da uomini che stanno per aprire le porte alla felicità."

Il maggiore rise. "Be', è vero. Pensavo che oggi sarei stato io quello gioioso, ma Dallas è talmente emozionato che a momenti sviene."

In quel momento rivolsero tutti lo sguardo al secondo sposo.

"È vero. Sono talmente pronto che non riesco a sopportare l'attesa. Nelle ultime settimane la mia vita è cambiata radicalmente. Ero dannatamente triste e col cuore spezzato per l'infortunio, poi è cambiato tutto. Ora, quand'è che possiamo andare lì fuori e aprire le danze?"

"Be', ero lì a guardare il pastore e l'ho sentito dirvi di uscire e unirsi a lui quando salirà sul gradino superiore. Non l'ha ancora fatto, ma vi farò sapere così potrete fare a gara a chi arriva prima all'altare. Dopodiché io e Tucker faremo il giro e accompagneremo mamma al posto. Seth la seguirà col bambino in braccio e noi ci siederemo accanto a loro." Riley sorrise, poi annuì verso la porta. "È appena salito, quindi meglio metterci in posizione."

Il cuore di Dallas si indebolì per l'emozione. Gli altri due fratelli si allontanarono con un sorriso sul volto.

Jackson lo guardò. "Allora, sei pronto?"

Anche Dallas sorrise. "Non ho mai desiderato niente tanto ardentemente, sono prontissimo. Grazie per averci proposto queste nozze doppie con te e Nina. Ora incamminiamoci verso la felicità."

Il fratello maggiore gli mise una mano sulla spalla e strinse. "Sono con te, fratellino. Andiamo."

Dallas era al settimo cielo. Quel giorno era arrivato. Finalmente stava per diventare un uomo sposato. L'uomo più felice sulla faccia della terra.

Guardò l'altro sposo mentre si preparavano a uscire fuori e unirsi al parroco. "Non riuscirò mai a sdebitarmi per questa opportunità. È un sogno che si avvera."

Jackson incontrò lo sguardo del fratello. "Credimi, lo è anche per me e condividerlo con te lo rende ancora più speciale."

Il prete guardò di lato, verso di loro, poi annuì. I due si guardarono con un gran sorriso, dopodiché uscirono fuori e ognuno di loro prese posto accanto all'altare. Gli sposi rivolsero lo sguardo all'entrata del bellissimo tendone, e il pubblico fece lo stesso.

Il pianista iniziò a suonare la marcia nuziale e la prima a varcare la soglia fu una bellissima Nina. Era splendida e la felicità che provava si irradiò nella stanza. Proprio dietro di lei, a qualche passo di distanza, entrò Lorna; la persona più meravigliosa del mondo, la più bella, l'amore, il miracolo della vita di Dallas. Il cuore del cowboy batté all'impazzata mentre la guardava attraversare la navata.

I due sposini si fissarono, e Dallas si accorse che Lorna stava trattenendo le lacrime. Era una donna emotiva, speciale.

Quando Nina raggiunse l'altare, Lorna si fermò. Il pastore sorrise alla prima sposa. "Nina Hanson, sei pronta per concederti in sposa a Jackson McIntyre?"

"Sì, più che pronta," rispose Nina con un gran sorriso.

"Allora Jackson, prendi le sue mani."

I due innamorati intrecciarono le mani e si girarono a guardare Lorna finire i pochi passi fino all'altare.

"Lorna Jordan, sei pronta per sposare Dallas McIntyre?"

La seconda sposa guardò il futuro consorte con

occhi pieni di commozione. "Sì, con tutto il mio cuore."

Il secondo sposo le prese le mani, sentendosi fortunato più di chiunque altro al mondo, dopodiché si voltarono entrambi verso il prete. I momenti successivi, mentre il pastore proclamava le promesse a Jackson e Nina e le ripeteva a lui e Lorna, furono i più felici della sua vita, e a giudicare dall'espressione della ragazza, anche lei provava le stesse sensazioni. L'ex atleta sapeva che anche il fratello e la nuova cognata erano colmi della medesima gioia.

All'epoca dell'incontro in spiaggia, la vita di Dallas era stata completamente sottosopra. Poi, quella ragazza gli aveva cambiato la vita nel modo più incredibile e niente era stato più lo stesso. Grazie al cielo; stare lì con le mani intrecciate, come marito e moglie, gli fece capire che la vita da quel momento in poi sarebbe solo migliorata.

"Ti amo, Lorna McIntyre, con tutto me stesso." Dallas si abbassò e la baciò.

Jackson fece lo stesso con Nina. La folla batté le mani e li acclamò.

"Anch'io ti amo," sussurrò Lorna mentre le urla continuavano.

"La vita potrà solo migliorare d'ora in poi," disse Dallas dando voce ai propri pensieri, mentre con un sorriso l'avviluppava tra le braccia… e nel cuore.

* * *

Alice sorrideva mentre portava il nuovo nipote addormentato, Landon, ai figli appena sposati e alle meravigliose spose. "Sono tanto fiera di voi," disse lei.

"Anch'io. Congratulazioni," convenne Seth.

Seguirono baci e abbracci tra tutti, dopodiché Dallas prese il bambino, lo coccolò e sorrise. "Mi dispiace dire a mio fratello che sono io l'uomo più felice del mondo. Ho una donna bellissima e un bambino adorabile, ed è grazie a lui e alla sua splendida sposa che l'hanno reso possibile."

Jackson e Nina risero entrambi sotto i baffi. Dopodiché il fratello maggiore mise la mano sulla spalla di Dallas. "Purtroppo, devo dissentire. Certo, tu hai una sposa molto speciale, un bambino… Sei un uomo molto fortunato, ma secondo me sono *io* il più fortunato al mondo, con una donna strabiliante come moglie." Jackson abbracciò Nina e lei lo baciò.

Guardare i due figli tanto felici colmò Alice di una gioia senza pari. Rivolse lo sguardo a Seth, che l'avvolgeva con un braccio e sorrideva. Il cuore le batteva forte e capì che anche lui era speciale. Amava quell'uomo e un giorno sarebbero stati loro a salire sull'altare. Lui ricambiò il sorriso. Aveva capito alla perfezione cosa stava pensando Alice.

La vita della donna, dei figli e dei loro amici stava cambiando, ma lei sapeva che il passato e l'amore che aveva avuto e perduto avevano reso quei momenti ancora più speciali. I sogni erano morti, ma ne erano nati di nuovi, anche se non ci si aspettava che accadesse, e lei sapeva che William vegliava sui figli nella loro ricerca della felicità ed era appagato quanto lei. Quella consapevolezza la rese ancora più felice. Sapere che in futuro sarebbe stato contento quando lei avrebbe deciso di sposare Seth la fece rilassare. Un passo alla volta, però.

Un passo alla volta.

EPILOGO

Riley era all'estremità della pista da ballo, a guardare i due fratelli ballare con le rispettive mogli. Si era divertito molto. Gli sposi erano al settimo cielo e lui era emozionato per loro. Per di più, era sicuro che anche il padre lo era.

"Sono eleganti ed estasiati. Sembrano felici, vero?" chiese Tucker.

"Assolutamente. Allora, stai pensando di cercare l'amore?" Riley guardò il fratello.

Tucker fece spallucce. "Non lo so. Se è destino che mi devo sposare, la incontrerò quando sarà il momento. Non voglio impazzire alla ricerca dell'anima gemella, e tu?"

"Non lo so. Voglio sposarmi e sinceramente una donna che mi ha colpito c'è, ma l'ho conosciuta a malapena, quindi non so dove vive. Come hai detto tu, se deve succedere, succederà quando lo vorrà il destino.

Intanto voglio aprire quel campeggio sulla spiaggia e chi lo sa… magari incontrerò proprio la persona che desidero. È su questo che mi voglio concentrare, quando questa serata finirà. Ora basta pensare. Al momento il mio unico pensiero è la felicità e questo progetto la renderà possibile."

Tucker lo fissò con la bocca mezza aperta, poi sorrise. "Be', fantastico. Se hai bisogno di una mano, io ci sono. In tutta onestà, sembra un'attività interessante."

"Be', grazie, ti chiamerò di sicuro. Però c'è da dire che il tuo lavoro al ranch è molto più pesante del mio, quindi non mi approfitterei tanto di te. Devo pensare all'organizzazione di molti dettagli prima che cominci la costruzione e preparazione vera e propria. Potrebbe volerci fino all'estate prossima, ma a quel punto il posto sarà pronto."

Riley guardò la gente continuare a ballare e riusciva a immaginare la stessa scena al campeggio. Si sentiva pronto. Non aveva ancora pensato a un nome, ma si sarebbe inventato qualcosa. Probabilmente sarebbe stato qualcosa come McIntyre Ranch Camping, però non ne era convinto; doveva essere più creativo, ma si sarebbe fatto venire in mente altre idee. Sorrise: non si era emozionato fino a quel punto da una vita.

Guardò Jackson sorridere a Nina e Dallas baciare Lorna. Le due coppie sembravano più felici di tutte quelle che aveva visto in vita sua. Forse un giorno anche lui avrebbe trovato la donna giusta.

Fino ad allora avrebbe messo su un campeggio dedicato principalmente alle donne single; donne che si riunivano per godersi la vita nonostante non avessero un uomo ad aiutarle. Riley pensava fosse piuttosto fico.

Avrebbe dato loro un altro posto in cui passare dei bei momenti: il ranch McIntyre.

Gli venne in mente la scritta sul lato del camper della donna che gli aveva inconsapevolmente messo in testa l'idea di aprire un campeggio. *Vivi, ridi, ama e goditi la vita… È dannatamente breve.*

Se pensava al padre, morto a un'età che Riley considerava troppo giovane, a quel piccolo camper e alla donna che lo guidava con quell'animo tanto positivo… Sapeva che presto si sarebbe buttato in quel progetto.

Se fosse stato fortunato, forse il camper sarebbe passato di lì e Riley avrebbe conosciuto il nome della donna che gli aveva rubato il cuore.

Cari lettori,

Grazie mille per aver letto il libro! Spero vi sia piaciuto e che darete un'occhiata al prossimo libro della serie Star Gazer Inn.

LA VERITÀ SULLA SPERANZA
Terzo libro della serie Star Gazer Inn

Non perdetevi le novità della storia che continua sull'isola di Star Gazer. Tre donne trovano amicizia e coraggio sulle rive della baia di Corpus Christi. Venite a visitare la Star Gazer Inn ed esplorare il ranch McIntyre, mentre Alice troverà la propria strada tra i due mondi.

La Star Gazer Inn è gremita e le notti estive si rinfrescano, ma quando Alice e Seth cominciano a esplorare un nuovo livello di "amicizia" e sono entrambi nervosi, le temperature si alzano.

Andiam, andiam, andiamo a fare "glamping"… All'apertura del campeggio, Riley ha più successo di quanto sperasse e le donne si presentano in massa, pronte per essere coccolate in un ambiente spartano al rifugio costiero del ranch. Inoltre, la donna che sperava di trovare ha appena parcheggiato nel parco…

Jackson e Nina aspettano… dei cuccioli!

Lisa è contrariata quando una vecchia fiamma si presenta come ospite alla locanda.

Mettetevi comodi, sorseggiate un bicchiere di tè freddo o un calice del vostro vino preferito e godetevi la vita sulla costa texana.

L'autrice

Scrittrice di best-seller, Debra Clopton ha venduto oltre due milioni e mezzo di copie. Scrive romanzi dolci, contemporanei e western, ambientati in Texas e sulle spiagge della Florida. Le sue serie sono pulite e adatte a tutti; inoltre, Debra scrive anche romanzi motivanti di ispirazione cristiana. Debra è nota per i suoi dialoghi vivaci, per i suoi eroici cowboy e le sue eroine esuberanti. Ha ottenuto riconoscimenti come il "The Book Sellers Best", il "Romantic Times Magazine's Book of the Year", il "Reader's Choice Awards" e molti altri. È stata inoltre finalista del premio "Golden Heart", organizzato dalla Romance Writers of America, e tre volte finalista del "Carol Award" dell'American Christian Fiction Writers. Texana di sesta generazione, Debra vive in un ranch in Texas con suo marito Chuck. Adora viaggiare e trascorrere del tempo con la sua famiglia. Ha scritto per la Harlequin e per Harper Collins Christian e ora pubblica con la DCP Publishing. È entusiasta di scrivere per la DCP Publishing e di vedere i suoi libri venduti in tutto il mondo.

Debra adora aiutare le persone a sorridere con le sue storie divertenti e dal ritmo concitato.

Visitate il sito di Debra: www.debraclopton.com
Date un'occhiata alla sua pagina Facebook: www.facebook.com/debra.clopton.5
Seguitela su Twitter: www.twitter.com/debraclopton
Contattatela all'indirizzo Debraclopton@yamil.com
Iscrivetevi alla newsletter di Debra e partecipate ai contest a www.debraclopton.com/contest

9 781646 257065